雀の猫まくら

群 ようこ

ハルキ文庫

角川春樹事務所

雀の猫まくら

群 ようこ

ハルキ文庫

角川春樹事務所

本書は平成十年十月に新潮文庫として刊行されました。

雀の猫まくら

×日

パソコンを買い換えて数か月たった。スペースの問題と、以前、使っていたハードディスクが、ひんぱんにクラッシュするのに困りはてて、今度は液晶画面のものにしたのである。スペースもとらず、噂《うわさ》によると液晶画面からは電磁波も出ないということで、快適に使っている。これで私も遅まきながらウインドウズ95ユーザーである。ちょっといろんなことをしてみようかと、パソコンショップに行ったら、そこでアイコンのCD－ROMを見つけた。動物、おかっぱの女の子、立体的に見える動物アイコンなど、とてもかわいかったので買ってしまう。殺風景なアイコンを変えようと、封を切って中を見たら、説明書にマイクロソフトプラスがないと使えないと書いてある。もう一度、箱を見直したらちゃんと書いてあった。そのマイクロソフトプラスはどこにあるのかと、パソコンを起動して調べてみたが、どうもうちのパソコンの中にはないらしい。ゲームなんかはたくさん仕込んであるのにないのである。もしかしたら、買ってきてインストールしなければならないのかもと思い、近々出かける予定があるので、パソコンショップに行って、見てみることにする。

×日

「きいちのぬりえ」の書評を書きはじめる。子供のころ、きいちのぬりえでは本当によく遊んだものだ。色を塗って遊ぶのと大切にとっておくのとちゃんと分けて、もなかの箱にいれておいたのに、今、一枚も残っていないのはどういうわけなのだろうか。世の中は連休だというのに、私は虚《むな》しく仕事である。

×日

「きいちのぬりえ」の書評、「波」の原稿をファクスで送る。今日は麻雀《マージヤン》である。日曜日も祭日の月曜日も仕事をしたので、今日は休みにする。東京のはずれ、高尾駅の近くに母と弟が住む家が建ち、ローンが引き落とされはじめている。予定外の何千万という頭金も、ごっそり取られてしまった。来年の税金分だったのに。このままでは来年は税金が払えなくなるかもしれない。

新宿に出て、レコード店に行く。実は「浪花《なにわ》のモーツアルト」という、キダ・タローの二枚組のCDを探しているのだが、なかなか置いてあるところがないのだ。

キダ・タローはコマーシャルから、プロポーズ大作戦といったテーマ曲から、アホの坂田の歌から、たくさんの作曲をしている。文字通り、浪花のモーツアルトである。ヴァージンメガストア、HMVに行ってみるが見あたらない。店員さんに聞けばいいのだが、タイトルをいうのが恥ずかしくて、必死に自分で探しまくる。が、あまりに置いてあるCDの数が多く、いったいどのジャンルに属するのかわからない。しまいにはインディーズ、ワールドミュージックのコーナーまで探してみたが、結局はわからない。他にもあちらこちらをかけずりまわったが、見つからず。最後にTSUTAYAに行ってみたら、なんとそこにあった。喜んで買ってくる。「日本海みそ」「日清出前一丁」「かに道楽」大阪市営地下鉄を歌った「地底のランナー」など、盛りだくさんであった。

マイクロソフトプラスのことを思いだし、パソコンショップに行ってみる。売り場にマイクロソフトプラスの水色の箱が、山積みになっていた。

「そうか、これを使わなければいけないのだな」

横を見ると、「篠原ともえのしのぶくろ」を見つけ、驚喜して購入する。私は篠原ともえちゃんの大ファンである。いちばん最初、まだ彼女がテレビに出始めのころ、見た瞬間、

「この子しかいない！」

と目を奪われてしまった。画面では、みんなに、うるさいだの、あっちへ行けだのといわれて、おでこを思いっきり叩《たた》かれたりしていたが、それだけの薄っぺらな子ではないのはわかった。養女にして一生、面倒を見てもいいとすら思った。何かの間違いで子供を生んだとしても、彼女のような子供が生まれることは絶対にない。

「私にあの子を譲ってくれないかしら」

とまで思った。

友だちにそう話すと、

「ふーん」

と不思議がられたりしたけれども、そのたびに、

「ともえちゃんをよろしくね」

といっていたのである。もちろんＣＤもみな持っている。ともえちゃんが載っているキューティも買った。浴衣《ゆかた》を着て髪の毛を下ろしている姿を見て、

「おおーっ」

とびっくりした。美少女であった。そのともえちゃんがＣＤ‐ＲＯＭを出したとなれば、

買わないわけにはいかない。何だか気分が明るくなってきた。

麻雀の前に、新潮社でハワイ行きの打ち合わせ。口車くんより、小説新潮の新年号のモノクログラビアで、着物を着た写真を撮りたいとのことだったのでOKする。ハワイから帰って四日後である。これで日焼けはできない。打ち合わせ中、ハワイ島だのオアフ島だの、コナだのヒロだのいわれるが、よくわからない。だいたいホノルル以外、街の名前もろくに知らないのである。

第一日目は成田から約六時間半で、現地時間の朝九時すぎにホノルル到着。ハレクラニホテルのアーリーチェックインができる、オーシャンビュールーム（私が泊まる部屋）に一同の荷物を置いて街へ出る。昼食は決めず、夜は新潮社の役員に教えていただいた、アラン・ウォンズというレストラン。予定表には、

「初日は時差ボケ解消のため、個人が自由に買い物やビーチでの昼寝等で体調を整える。群さんのみはホテルで昼寝可」

とおばさんにはありがたい言葉が書いてある。

二日目は朝食はホテル。ガイド付きの車でオアフ島巡り。ハナウマベイ、スワップミート、ワイケレ・ショッピングセンターなどと書いてある。昼食は決めず、夕食は口車くんが阿川弘之さんに教えていただいたタイ料理の店に行く。そのあとは有名人のそっくりさんショー観劇。

三日目はホテルの朝食後、飛行機でハワイ島に移動し、ガイド付きの車でハワイ島一周。ワイピオ渓谷で幌《ほろ》馬車に乗り、昼食はバーベキュー。キラウエア火山などを見つつ、途中でちょこちょこ降りて撮影。夕食をとったあと、夜、飛行機でオアフ島に戻るという具合である。

四日目は朝食はホテル。昼食は決めず、ハワイ最後の夜は、三時間のディナークルーズである。そして五日目の昼前の飛行機でホノルルを発《た》ち、九時間足らずで成田に到着。

以上のようなスケジュールであった。

「よし、わかった」

私は納得した。

「ポイントはワイピオ渓谷の幌馬車と、バーベキューなんですよ。ハワイに行くんだったら、絶対、幌馬車に乗りたかったんです」

ツルタさんは目を輝かせている。

「ふむ、なるほど」

ちょっとずつハワイ行きの気分になってきた。

実は当初は同じ日程で、シンガポール、マレーシア行きを計画していた。旅行の話が出て、地図を見て確認しようとした私はびっくりした。

「シンガポールがない！」

私がシンガポールがあると認識していた場所に、シンガポールがないのだ。よーく探したら、半島の先っぽにあるではないか。おまけに、マレーシアの首都をずっと、「クアラルン・プール」だと思っていたが、正しくは、「クアラ・ルンプール」だと知って、

「そうだったのか」

と事実に驚いた。こういうことはみんな知っていて、私だけ知らなかったのだろうか。ちょっと恥じる。

今回は赤門くんのセンチメンタル・ジャーニーになる予定であった。美しい巨乳の彼女のために、北京《ペキン》では彼女へのおみやげを探すのに東奔西走し（『東洋ごろごろ膝栗毛《ひざくりげ》』参照立ち読み可）、帰国して彼女に渡したら喜んでいたというのに、その二、三か月後には、

「あなたとは、つき合っているつもりはないわ」

といわれて、ふられてしまった赤門くん。あまりに気の毒である。そしてインドネシア旅行が計画されたとき、彼は、

「自費で行きますから、一緒に連れていって」

といった。

「おじさんやおばさんたちとじゃなくて、友だちと行けばいいじゃないの」

といっても、

「僕には友だちはいないから」

ととっても悲しそうな顔をする。

「不憫《ふびん》な奴《やつ》よのう」

私たちは傷心の赤門くんを慰めるべく、フォーサイト編集部、文庫部長のご好意もあり、今回、旅行に参加ということになったのである。

マレーシアには、オリエント・エクスプレスも走っていて、ツルタさんは、

「これに乗って優雅に行きたいですねえ」

とうっとりしていた。

「はあ、なるほど」

とつぶやきながら、旅行に期待が高まっていたのであるが、その矢先、焼き畑農業の灰の問題が起こった。旅行会社は現地の状況について、大丈夫といっていたのだが、ニュースを見ていると、そうでもなさそうだった。病院には人々が集まり、子供たちが灰で目を真っ赤にして、にこにこ笑っている映像をテレビで見た。なんでも、灰を吸い込みすぎると、肺の治療できない奥のほうに入ってしまうことがあるという。治療ができないというのが怖いではないか。あわててツルタさんに電話をすると、

「それは、やばいです」

とびびる。穴くんからも電話がかかってきて、

「そこはやめましょう」

ということになったのが、十月の末日だった。シンガポールの場所も、マレーシアの正しい首都名も知らない私が行く予定を組んだというのも、問題だったかもしれない。

それからあわててハワイに変更したのだが、私たちがハワイに行くと決まったとたん、ハワイについて一家言ある人々がわらわらと集まってきて、

「あそこに行け」「ここがいい」「食事はここで」

と穴くんにいろいろとアドバイスしてくれた。ところがその数があまりに多く、丸一月、ハワイに滞在していても、行けないくらいの情報が集まり、どれを取捨選択するかで、穴くんの胃にまた穴が一個開いたという。

「実はまだ、整理しきれてません」

と暗い顔をするので、私は、

「みんな、まかせた」

といい、晩御飯を食べに行く。

ねぎま鍋《なべ》を食べながら、ハワイについてあれこれ話すが、口車くんと穴くんは、海岸のトップレス美女のことばかり話していた。

「ハワイには、きっとラクダはいないよ」

というと、口車くんは、

「残念です」

とつぶやいていた。

ハワイというのは日本人にとって、いちばん身近な海外旅行の場所だった。子供のときに見ていたアップダウンクイズをはじめ、懸賞旅行の一等賞はたいがいハワイだった。クイズに十問正解して、ハワイ旅行の権利を獲得すると、ハワイアンミュージックが流れ、一気に夏の雰囲気になった。そのたびに私は、

「すごいなあ、ハワイ」

と思っていた。常夏《とこなつ》の島ハワイ。真っ赤な花と青い空と海。とにかく海外旅行といったら、ニューヨークでも、香港《ホンコン》でもミラノでもオーストラリアでも、パリでもソウルでもなく、ハワイだったのだ。

しかしそれから、行ったこともないのに、私はハワイを馬鹿《ばか》にしはじめていた。何だかわからないけれど、私のなかで、じじばばが集まるヘルスセンターとハワイが、いっしょくたになっていったのである。芸能人は正月になると団体旅行みたいにハワイに行くし、

「馬鹿じゃなかろか」

と思っていた。ところがインドネシアがあのようなことになり、いったいどうしようかということになったとき、ハワイに行かないで、馬鹿にするのもどんなものかと考えたわけである。

「観光地だから、行った人に聞くと、あんなもんでしょう」

という人もいたが、二度と行きたくないといった人は一人もいなかった。ハワイが好きで何度も行く人もいる。一度、本当にハワイはじじばばのヘルスセンターなのか、自分の目で見てみないと、悪口もいえない。そこで、ハワイとなったのである。

「僕は時差ボケってしたことがなかったんですけど、ハワイのときはひどかったですね」

そういったのは、一緒に香港、マカオに旅行をした（『亜細亜ふむふむ紀行』参照）、真夜中のロンリー・ギタリスト、ウシハラくんである。ある女性も、

「ハワイは時差ボケがきつくて。一週間くらい治らなかったんです」

といっていた。五時間戻るという中途半端《はんぱ》な時差のため、団体旅行で行くと、朝、到着したとたんに、島内を引き回され、朦朧《もうろう》としたという人もいたらしい。

「そうか、敵は時差ボケか」

私はこれまで、時差ボケはしたことがないが、若い男性がハワイはきつかったというのだから、覚悟せねばなるまい。まあ、これも経験である。

そのあと麻雀《マージャン》。このところ仕事が忙しくて、月に一度か二度しかできない。これでは腕が上がらないのも当たり前である。雀荘のお母さんの娘さんが私のファンだというので、色紙にサインをしたら、写真と一緒に飾って下さっている。隣に並べられているのは、デーブ大久保のサインと生写真である。客はそれらを見て笑っている。なぜだ！

今回は必勝を願って、お守りを持ってきていた。シャ乱Qの生写真であった。友だちの

もたいまさこさんが、シャ乱Qの映画、「演歌の花道」に出演した。私がシャ乱Q好きなのを知って、撮影のときと、打ち上げのときと、二回、私を誘ってくれたのであった。撮影のときはつんくの歌のうまさにびっくりし、打ち上げのときは、まことくんをのぞく他のメンバーとはちょっとだけお話できた。はたけさんは太っ腹なお父さんといった感じで、しゅうくんとたいせーくんは、本当に性格がいい素直な青年だった。もたいさんがつんくに紹介してくれると、彼は、

「小説やエッセイを書いておられるのですか」

と聞いてきた。

「はい、そうです」

とこたえると、

「そうですか。僕、不勉強でお名前を存じ上げなくて申し訳ありません」

というではないか。つんくが私のことを知らなくて当たり前である。これだけのことをきちんといえる若い編集者がどれくらいいるか。この話を、偏差値の高い大学は出ているが、物のいい方を知らない、生意気な後輩に悩まされている編集者に話したら、

「すばらしいわねえ」

とみな感動し、

「つんく、シャ乱Qをやめて、うちの会社に来てくれないかしら」

といっていた。打ち上げの仕切りなどを見ていると彼は本当に頭のいい人だとわかった。で、彼らと一緒に撮った写真をお守りにすれば、麻雀も勝てるだろうと思ったのであるが、それが甘かった。麻雀をはじめて四年、こんなに負けていいのかと思うくらい、大負けした。テンパイはしないし、リーチはことごとく蹴《け》とばされ、私の麻雀人生最悪の日だった。麻雀とシャ乱Qの生写真は相性が悪いことが判明した。がっくりして深夜、家に帰る。

×日

ハワイ行きのため、仕事をその前に上げていかなければならないので仕事。途中でぱらぱらとハワイのガイドブックを眺めていると、私たちが予定していた、スターオブホノルルのディナークルーズの料金が載っていた。ファイブスターを頼んだといっていたが、その値段が高いのである。リムジンの送迎つきで、ピアノ演奏とジャズボーカルつき、フランス料理のフルコース。ロマンチックな夜が満喫できるらしいが、とてもじゃないが私たちのキャラクターには合わない。世界一うるさい女ツルタは、しーんとしながら食事をするなんて、死ねといわれるのと同じくらい苦痛だろうし、フランス料理のフルコースも、特別、食べたいとも思わない。これは経費の無駄遣い以外の何ものでもない。私は急いで穴くんに電話をした。

「クルージングの料金だがなあ」

「はい」

「あれはちょっと高いぞ。もったいないんじゃないか。上じゃなくて、中ランクでいいと思うけど」

中ランクのスリースターは、フルコースではないがそこそこの内容で、友だちと楽しむのには最適と書いてある。穴くんは、

「ごもっともです。変更できると思いますから、連絡をしておきます」

というので、ひと安心する。

久しぶりに女性の編集者から電話がかかってきたので、

「元気だったの」

と聞いたら、

「とんでもなかったんですよ」

という。年下の男性とつき合っていたのであるが、その男が二股《ふたまた》をかけているのがわかり、しかもその相手が、自分の友だちだった。それが判明するや、男は二人を同時に振り、

今は別の女性とつき合っているという。

「なんて馬鹿だったのかと思って」

というのだが、何事も経験である。

「それも人生の彩《いろど》りだと思えばいいのよ」

となぐさめる。「本とコンピュータ」、幻冬舎のPR誌「星星峡」、「クレア」、「サンデー毎日」の原稿を上げる。幻冬舎の原稿はタイトルまで決められず、本文のみ渡して逃げることにする。

×日

旅行の前日なので、仕事をしないつもりが、終わらずにちょっとだけ仕事をする。午後四時からパッキング。本当にこんな状態でハワイに行くのか疑問である。もしかしたら熱海じゃないんだろうか。アジアと違って、ドレスコードがとても面倒くさい。冬だというのに、夏用の服を選ぶのは感じがでない。なんとか服を選んで、スーツケースを開けたとたん、ものすごい臭《にお》いに襲われて倒れそうになる。

「くっさー」

あわてて調べたら、携帯用の正露丸のケースを発見。この前、北京に行ったときに、念のために持っていったのを、出すのを忘れていたのだ。恐るべし正露丸の威力。これでは税関で荷物を開けられたときに、ものすごく印象が悪いではないか。あわてて中に炭をいれて蓋《ふた》をしたり、脱臭剤をいれてみたりする。効くかどうかはわからない。あたふたしていると、隣の猫がやってきて、興味深そうに、ふんふんと匂《にお》いをかいだりして、まとわりついてくる。

「おばちゃんは、あしたから旅行なの。今、準備をしているんだからね」

というと、かまってもらえないので、

「にゃっ」

と鳴いてちょっと怒っていた。旅行のときに持っていく、携帯品メモを見ながら準備しておく。今日中に何とかあの臭いがとれてほしいものだ。

×日

出発当日、離陸が夜なので、それだけは楽だ。おそるおそるスーツケースの蓋を開けると、昨日よりはずいぶん臭いはとれたが、まだそれでも臭う。仕方がないので、小さな炭を二個、綿の袋に入れて、スーツケースの隅に入れておいた。持っていく物を確認しつつ、減らせる物は減らす。またドレスコードで迷う。ツルタさんが、

「向こうではムームーが正装ですからね。私は買うつもりですけど」

という。彼女はいいけど、私はムームーが似合うとは思えない。寝間着になってしまうのではないだろうかと考えながら、服を出したり入れたりしているうちに、時間になってしまった。

午後五時、穴アキオくん迎えにくる。タクシーのお兄さん、とてもハンサムで感じがよろしく、機嫌がよくなる。箱崎までうれしい。車内で穴くんが、

「ひとつ心配な事があるんです」

という。相変わらず心配性である。年齢的にいって、口車くんはツルタさんの先輩なの

だが、いったん家に戻ってから、箱崎にやってくるという。（私たちは、パスポートを忘れたのではないかと想像した）となると、同行するのは赤門くんしかいない。

「間に合うかどうか。赤門は立場上、先輩に強くいえないし、『大丈夫、大丈夫、間に合うに決まっとるやん』っていわれたら、絶対にいうことを聞いてしまうと思うんですよ。あいつにそんな大仕事ができるかどうか」

すでに穴くんの額には汗がにじんでいる。新潮社のギリギリガール、ツルタヒカリ。時間の余裕を持って動くことを、とても損だと思っている女。決めた時間に果たしてやって来るのだろうか。私の答えはいつも同じ。

「遅れた奴《やつ》は置いていく」

ただそれだけである。

私たちの車は無事、箱崎に到着した。待ち合わせの時間に、四十分も時間がある。タクシーの運転手さんは、降りるときも、

「またご利用下さい」

といって深々と頭を下げる。背が高く端正な顔立ち、礼儀ともに申し分なし。穴くんとも ども、

「感じがよくて、きれいな男の人だねえ」

と語り合う。

「ああいう人に会うと、これからの旅も、とてもよくなるような気がしますね」

穴くんは喜んでいた。運転手さんの名前をチェックしておかなかったことを、ひどく悔やむ。

二人ともお腹《なか》が減っていたので、荷物をロッカーに入れて、二階のそば屋に入る。

「こういう場所のはたとえおいしくなくても、しょうがないから」

といって入ったものの、ちゃんとしたおそばであった。私は冷やしおろしそば。穴くんは四段重ねの、なにやらたくさん入っているのを頼む。食べ終わってから下に降りると、三人が来ていた。

ツルタさんのところに、「ｕｎｏ！」のＹさんより、西原理恵子さんとの「とりあたま対談」に使う、似顔絵のファクスが届いたという。あまりのそっくりさにひっくり返って笑う。笑った顔と、しゃーっと怒った顔。怒った顔が妙におかしい。さすがサイバラ画伯である。

「心配してたけど、早かったやん」

穴くんがいうと、

「もうギリギリガールはやめた。精神的に悪い」

やっとツルタさんも気がついたようである。

「おっ、おまけにノーメイク」

いつも、化粧品を山のように買い、私の前ですらノーメイクで現れたことがない彼女が素顔。

「うん、会社のみんなに、『お前、何かふっきれたな』っていわれた」

恋人ができて、小細工などを必要としなくなったからであろうか。

「なるほど。女の人もいろいろとあるねんなあ」

穴くんは感心している。

「ほれ、とっととチェックインしてこんかい」

ツルタさんにいわれ、あわててチェックインをするも、みんな時間どおりに来ているので、リムジンバスに乗るのも楽勝である。

車内はがらがらだった。乗ったとたん、赤門くんの不幸な恋愛について話が盛り上がる。

「噂《うわさ》では、あまりのショックで、あんたは男に走るんじゃないかと、いわれとるぞ」

「そうだ。そのむちむちしたお尻《しり》は狙《ねら》われるぞ」

「社内でも妙にお前は、先輩にかわいがられているしな」

男性の間でも、評判がいいらしい。

「他に男がいるとは、考えなかったんか」

ツルタさんが聞くと、赤門くんは、

「彼女のことは疑っていなかったし。やっぱりそういわれてショックでした」

という。あれだけ彼女のために、おみやげも探し、一生懸命に尽くしたのに。最後に、

「あなたとは、つき合っているつもりはない」

といわれたら、そのショックは相当なものだろう。

「ま、あっちの世界もいいらしいから、試してみたら」

穴くんはしきりに勧めたが、赤門くんは、

「勘弁して下さいよお」

と逃げ腰だった。しかし穴くんは一人で話を盛り上げ、

「赤門、いいじゃないか。あっ、先輩、やめてください。いいじゃないか、じっとしていればいいんだ。ということになって、尻が痛いなと思ったら血が出てて、初潮を見たかなと思っているうちにおわりだよ」

一同はしーんとなった。そこまでの話題についていけなかったからである。一人で突っ走っていった穴くんは、

「すんません、すんません」

とぺこぺこしながら、私たちの冷たい目に負けて、Uターンして戻ってきた。

「じゃ、無難な話題ということで、そっくりさんの話題にいきましょう」

何が無難な話題かわからないが、新潮社には、許永中よりも許永中に似た人がいるんだという。赤門くん、穴くんは似た人物が見つからず。口車くんは日本人女性数人とトラブ

ルを起こした、カバキに似ていると指摘され、ツルタさんは全員一致で時効直前に捕まった、福田和子にそっくりということになった。

「うーん、あぶない、あぶない」

ツルタさんはその気になっていた。

「あの人は、逮捕後に公開された写真よりも、ずっと美人らしいけどね」

というと、彼女は満足そうだった。私はやはり皇室関係ということになった。

「みなさん、私の結婚のことを、心配して下さってありがとう」

といってみたら、うけた。喜んでいいのか悲しんでいいのか、よくわからない。

夜の成田空港は閑散としていた。こんなに人がいない成田をはじめて見た。店もほとんど閉まっていて、買い物もできない。出国手続きの窓口がひとつしか開いていなくても、スムーズに事が運ぶくらいに、人がいないのである。ところが、搭乗口近くはものすごい混雑になっていた。修学旅行の高校生と一緒であった。ハワイは入国審査が厳しく、搭乗口のところでまた、パスポートを航空会社の人に渡して、チェックを受けなければならない。私とツルタさんがチェックを受けて振り返ると、男性陣はぼーっと立っている。ツルタさんが大声で、

「ほら、パスポートを出して。チェックしないと入れないから」

と叫んだ。三人はあわててパスポートを取り出して、チェックを受けていた。

「こういうの、はじめてですね」

穴くんは目を丸くしている。

「入国審査をスムーズにするためっていってたから、念には念を入れてるんじゃないの」

慣れないシチュエーションに遭遇して、穴くんは一気に緊張したようだった。

「もたもたしてると、ホノルルで追い返されるぞ」

ツルタさんがからかうと、男性三人は、

「あははは」

と笑ったが、目は笑っていなかった。

二重の出国チェックを受け、無事に飛行機に乗り込む。私とツルタ嬢はビジネス。おのこどもはエコノミー。席に座ったとたんに、ツルタさんは、

「あーあ」

といいながら、靴下をぬぎはじめ、バッグの中から何やらとりだして、

「はい、これあげます」

といってくれた。

「これを貼《は》ると本当に楽なんですよ。もうやみつきになっちゃって」

彼女はぺたぺたとサロンパスみたいなものを貼り始めた。よく見ると、テレビで宣伝している、足専用シートである。

「これでよしっ」

ツルタさんは足を投げだし、ふーっとため息をついた。そしてバッグの中から、「日本一醜い親への手紙」を取り出して、ぱらぱらとめくっていたが、

「ぐー」

と寝てしまった。私もなるべく時差ボケ予防のために寝ようとしたが、ビジネス席の子供が騒いでうるさいので、耳栓をして目をつぶる。

×日

寝ていたんだか、起きていたんだかわからない状態で、目がさめる。とうとうオアフ島到着である。飛行機から一歩外に出たとたん、

「なつーっ」

という感じである。入国審査のブースがたくさん並んでいる。ツルタさんが空咳《からせき》をしながら、喉《のど》に手をやっている。

「どうしたの」

「わかりません」

私はその声を聞いてびっくりした。森進一よりもずっとハスキーな声になっているというよりも、声自体が出なくなっているではないか。

「風邪？」

「わかりません。ちょっと声がかすれるなとは思っていたんですけど」

機内が乾燥していたので、それで状態が悪化したか。まさか世界でいちばんうるさい女が、こんなことになるとは、想像だにしていなかった。

「こんな声になってしもた」

ツルタさんがそういったとたん、男性三人は、

「よっしゃー」

とガッツポーズをした。

「いいなあ、常夏《とこなつ》の島ハワイ。ツルタさんは声が出ない。これ以上の喜びはないですなあ」

穴くんが心からうれしそうな顔になった。彼のこんなにうれしそうな顔は見たことがない。

「お前ら、覚えとれ」

そういっても、ハスキーボイスではまるで迫力に欠ける。

「へっへっへ」

男性三人は、彼女の言葉を屁《へ》とも思っていないようだった。

入国審査である。私とツルタさんは修学旅行生の後ろに並ぶ。彼らは列の後ろのほうだと、友だち同士で後ろを向いたりしてきゃあきゃあ騒いでいる。私たちの後ろに高田純次がいるのがわかって、彼らのテンションはますます上がった。しかしだんだん自分の順番が近付いてくると、先生に叱《しか》られたわけでもないのに、はしゃぐのをやめて、緊張した顔でパスポートを握りしめ、きちんと前を向いて一列に並びはじめるのがかわいい。高田純次よりも、自分のことで精一杯になってきたのだ。審査官の前に出ると、みな顔がこわばっている。高校生のくせに、海外に修学旅行なんて生意気だと思ったが、これも重要な教育のひとつなのかもしれない。

私が並んだブースの審査官は年配の女性であった。もちろん日本語が堪能《たんのう》である。

「アメリカハ、ハジメテデスカ」

「二十年ほど前に、一度、来たことがあります」

彼女は私のパスポートを端から丁寧に見はじめた。そしてタイの入国許可印を見たとたん、

「バンコク、ナニシニイッタ」

と指さしながら怒ったようにいうのである。私はちょっとむっとして、

「観光です！」

というと、

「フム」

とうなずいて、何とか入国を許可されたようだった。若い娘さんにならともかく、四十を過ぎた私に、そんなことを聞かないで欲しい。ぶりぶりと怒っていると、ツルタさんに、

「まだ商品価値があるって、思われたんじゃないですか」

といわれたものの、うれしくない。男性三人もあれこれ聞かれたといい、

「緊張したあ」

とおどおどした表情になっていた。

無事に入国したと思ったとたん、暑さがふたたび襲ってきた。みんな脱皮するように、上着を一枚脱ぐ。荷物を受け取るため、カートを引いていくと、隣の荷物が集めてある場所で、麻薬犬が異常に反応している。シェパードではなく、普通の中型の雑種犬だ。出発地を見ると、ソウル出発便だった。

「怖い、あんなに必死になっている」

ツルタさんがつぶやいた。

検査官がちょっと離れた場所に連れていっても、

「もう、これしかないで」

とでもいいたげに、スーツケースにとびついていく。それもただうれしそうにというのではなく、

「これ、これこれこれこれ、これだっつーの」

と異様なエキサイトぶりなのだ。きっとあの中には、よからぬ物が入っていたに違いない。

私たちはスーツケースの所有者が誰か、知りたくてたまらなかったが、それらしき人は姿を現さず、仕方なく自分の荷物を持って外に出た。

「うわあ」

刺すような日差しに、一瞬、くらっとする。外に出たすぐのところで、所ジョージ、羽田恵理香、高田純次がテレビ番組の収録をしていた。憧《あこが》れの所ジョージの姿を、こんなところで見られるとは思わなかった。

「高田さん、空港を出てすぐに仕事なんですね」

穴くんが感心していた。ホテルのリムジンが迎えに来てくれていたので乗り込む。一同、周囲の車と明らかに違う豪華さにちょっとびびり、照れながら乗る。車の中には冷蔵庫もあり、花も飾ってあった。

ハレクラニホテルは落ち着きがあるいいホテルである。

「豪華ですねえ、すごいですねえ」

赤門くんは失恋の痛手もちょっと癒《い》えたようである。口車くんは、

「やっぱりラクダはいない」

とぶつぶついっていた。アーリーチェックインを済ませ、おのおの小一時間部屋で休んだあと、昼前にロビーに集合した。ツルタさんはワンピース、私は完全武装の帽子、サングラス、Tシャツの上に綿の長袖《ながそで》パーカーをはおり、チノパン。口車くんはTシャツにチノパン、赤門、穴の両名はTシャツに半ズボンの軽装である。

「寝なくて大丈夫ですか」

と気を遣ってもらったが、多少、眠いけれども、昼寝するほどではない。

「このあたりは、買い物には不自由しませんよ」

声は出なくても、ツルタさんは相変わらず張り切っている。ガイドブックを片手に、

「昼はこの店に行きたいので、この周辺をぶらつきましょう。ムームーの専門店もあるみたいだし」

我々は彼女についていくだけである。ブランド品のブティックが並ぶ通りで、まるでランボーのような体型の白人男性を見た。筋肉が盛り上がっていて、ドレッドヘアにサングラス。黒のタンクトップに短パンという、体自慢ファッションであった。

「ひいっ」

ツルタさんが目を丸くした。私はああいうタイプは苦手なので、さっとよけた。

「なんか、体を鍛えているのが、自分のためっていうんじゃなくて、ナンパのためっていう感じの人よね」

私がそういうと、彼女は、

「スポーツマンっていうよりも、女好きっていう感じでしたもんね」

とうなずいた。

「あんな奴《やつ》にやられたら、一発で終わりですね」

体で女を威圧するという雰囲気が漂っている男だった。

「大丈夫、大丈夫、あなた、そんな目にあうことないから」

口車くんにいわれた彼女は、

「うるさい、このラクダフェチ」

といいながら、彼の尻《しり》を蹴《け》っていた。

メインストリートを抜け、ひっそりとしてきた通りを歩いていると、そこここに花が咲いている。びっくりしたのは、野生の桜文鳥がいたことだった。私は興奮して、

「ほら、あれ、子供のときに飼ってたのと同じ。一度、くみとり便所に落ちたんだけど、十三年も生きたの」

といってみんなに笑われた。桜文鳥だけでなく、たくさんの鳥が空き地や木の枝で遊んでいる。

「のどかですねえ」

きょろきょろしながら、歩いていくとツルタさんがガイドブックを手に、立ち止まった。

「どうした」

穴くんの言葉に、彼女は、

「この辺にあるはずなんやけど。おかしいな」

と首をかしげている。地図によると、角を曲がったところに、目指すムーミンの店があるはずなのに、ない。空き店舗があるだけである。

「つぶれちゃったんじゃないの」

「そうかなあ」

「ほら、空いてるし」

「でもハワイでムーミンの店がつぶれたりするかあ」

「もうかって、もっと広いところに移転したかもしれないよ」

明らかに店はなかった。しかしここでひるむツルタではない。彼女は近所にたまたまあった、ムーミンの店にむりやり入っていった。

中は花柄でいっぱいだった。彼女がムーミンを物色すると、店の女性が、そこにあるのはとても大きいといい、彼女のサイズの物があるコーナーに連れていってくれた。たしかにそこにあるのは巨大なムームーだった。頭からかぶったら、そのまま、すとんと下まで落ちてしまうような襟ぐりの大きさだ。丈ももちろん長い。ツルタさんに合うムームーはみつからず黒地に細かい花柄のワンピースにする。着替えて店の外に出てきた彼女を見て、穴くんは、

「お嬢さんみたいやぞ」

といった。

「体は中古でも、見た目はお嬢さん」

ツルタの鉄拳《てっけん》がとんだ。まず買い物をして安心した彼女は、

「さあ、次は腹ごしらえだ」

といって、目指す店にずんずんと歩いていった。道路沿いの店ですぐわかった。「和さび」という和食の店である。

「ほら、ここに、飛行機に乗ってきても食べる価値があるくらいっていわれている、レインボーロールっていうのがあるんですよ」

という。いわゆる巻き寿司《ずし》である。こういう食べ物はいちかばちかである。ずっと前、取材で六本木のスシ・バーに行き、カリフォルニアロールというものを食べて、激怒したことがあったが、それに似たものだったら困るなあと思いながら、中に入る。とっても感じのいい年配の女性が、てきぱきと案内してくれる。清潔な店である。客層は年配の人が多い。家族連れもいる。

「この客層だと、大丈夫そうじゃないですか」

穴くんはそういいながら、メニューを開いた。刺身サラダ、レインボーロールなどの巻き寿司、豊富にある。店の女性におすすめなどを聞いて、あれやこれやと注文する。なかで珍しいのが、焼きパパイアである。パパイアをくりぬいたなかに、魚介類が詰められ、その上にチーズをのせて焼いた料理だという。刺身のサラダも辛いのとそうではないのと、二種類頼んだ。

料理が運ばれてきた。これがおいしい。

「うまい、うまい」

一同、ばくばく食べる。レインボーロールも、

「なんでまあ、こんなにきれいにできるの」

というくらい、繊細で美しい。味もよい。なかでも焼きパパイアは、下手に一歩転んだら、危ない方向に行ってしまうのに、いい具合に踏みとどまって、これもおいしい。創作料理の寸止めの妙味である。

「これは独創的なセンスと、ちゃんとした腕があってのことでしょうねえ」

穴くんは感心している。食べ物にうるさい口車くんも満足している。赤門くんも、

「うまい」

を連発しながら食べていた。

腹一杯食べたあと店を出る。今度はツルタさんが、

「アロハシャツが欲しい」

といい出し、道路沿いのアンティークのおもちゃなどを売っている店に入る。たくさんのアロハシャツ、アクセサリー、スニーカーなどで店はいっぱいだ。

「やはり、ハワイにはアロハですね」

それぞれ自分のサイズのコーナーに走る。いろいろな柄があって悩む。ツルタさんは、ぱっぱとシャツを選んでいる。ダーリンのためなのであろう。

「ああいうとこは、健気《けなげ》なんですけどねえ」

穴くんが小声でいった。

小さいサイズのなかで、私が着られそうな柄を探す。シルク地でウクレレをひいたり、フラダンスを踊ったりしている人々が描いてあるのを見つける。人々の表情がとてもかわいいので買う。もう一着、レーヨンでアメ車やハイビスカスが飛んでいる、ポップな柄のを買う。どうも私はムームーよりも、アロハのほうに目がいってしまうのだ。おのおのサイズはさまざまだが、買うアロハシャツの柄は決まったようである。

店内を物色していると、古いおもちゃなどが山のようにある。スヌーピー、ミッキーマウス、101匹わんちゃんなど、あまりに量が多いので、倒れていてもほったらかしになっている。ぼーっと眺めていると、赤門くんがやってきて、

「この靴、日本でとても高いんですよ」

と棚の上のほうに置いてある靴を手に取った。ナイキの赤いレザーのスニーカーで、ハイカットのなんたらかんたらというそうであるが忘れた。ここでの売値は五万円である。値段にも驚いたが、ジャイアント馬場が履きそうな、靴のでかさにも驚いた。

いちおう買い物も済ませ、さてこれからどこへと思ったとたん、ツルタさんが、

「ホテルに戻って寝ます」

といいはじめる。男性陣はちょっとうれしそうな顔をした。彼女とは十年以上のつきあいであるが、彼女も年をとったのだなあと思う。以前はそんなことなど考えられなかったのに、元気な彼女もそれなりに年をとっているのだと、しばし感慨にふける。私は別にどうということはないので、みんなと一緒にぶらぶら歩く。一軒の店の店頭に日本人の若者が群がっているので、何かと思ったら、Gショックを山のように売っていた。

「あっ」

赤門くんが早速のぞきに行く。

「レア物がありましたけど、値段が高くなってますね」

スニーカーでも時計でも、私は全く知識がなく、若者が群がっているので、今どきの若者が欲しいものがあるのだなと思うだけである。

「サングラスを忘れたので、目が痛くなってきた」

と赤門くんがいうので、その店のサングラス売り場に行く。加賀まりこをちょっと太めにしたような、きれいなおばさまが、相手をしてくれる。次々に彼にサングラスをかけさせ、みんなでああだこうだといい合う。彼の予算に合う物は似合わず、予算に合わない物が似合う。

「やっぱりそれが、いちばん似合う」

と一同の意見が一致したのは、値段が二番目に高い物だった。

「でも、高いんですよ。した感じはいいんですけど……」

彼は迷っている。

「何いってんの。彼女に貢《みつ》いだ金額を考えてごらんなさいよ。これからは自分のためにお金を使いなさい」

そういうと彼は、

「そうです。そうですよね。じゃ、これにしよう」

買うことに決めると、おばさまが、

「コレ、ミンナニプレゼント」

といって、ブルーの貝でできた、小さなクロスのペンダントをくれた。

「カミサマニ、カンシャヲワスレテハイケナイノヨ。ミンナガシアワセデ、イラレルヨウニネ」

といってツルタさんの分もくれた。男性陣、喜んでそれをつける。

「あのー、ホテルでウエルカムパーティがあるようなんですが」

口車くんがいった。

「じゃあ、出席したら。私もホテルに戻るけど。気がむいたら行くわ」

と一同でホテルに戻る。

私の部屋からは海が見える。たくさんの人が浜辺に出ているが、トップレスの美女は残念ながら一人もいない。真っ青な海、青い空、実はこんなに海が青いとは思わなかった。

「ううむ、着物の撮影がなかったら、シュノーケリングの道具を持ってきたんだったのに」

とひどく悔やむ。日差しが強く、日除《よ》けをしておかないとまぶしすぎて困るくらいだ。

ベランダには、

「鳥には餌《えさ》をやらないように」

と書いてある。それくらい鳥が入れ替わりたち替わりやってくる。人を見ると首をかしげながら寄ってきて、とてもかわいい。何もくれないとわかると、さっさと飛んでいってしまった。ベッドに寝っころがって、ぼーっとしていると、着替えるのが面倒くさくなってきて、ウエルカムパーティはやめにする。晩御飯に命をかけることにした。

ハワイ通の人々から勧めてもらったアラン・ウォンズは、ハワイでもなかなか予約がとれないレストランであるらしい。日本からでも予約がとれなくて、大変だったようだ。開店直後は無理で、八時からということになる。二十分前にホテルのロビーで待ち合わせた。睡眠をとったツルタさんは、声は嗄《しわが》れているものの、態度だけはばりばりで、張り切っている。声の出ない分、体を動かしてうさばらしをしているようであった。

「パーティ、どうだった」

と男性陣に聞くと、

「行くんじゃなかった……」

とつぶやいて、下を向いてしまった。話を聞くと、ビーチサイドで開かれた夕方からのウエルカムパーティに彼らは、半ズボンとTシャツ、スニーカーで行ってしまった。するとそこにいるのは、タキシードやドレス姿の、ドレスアップした白人の紳士淑女ばかりだった。びびった三人が、

「僕たちはここでいいです」

と一段下がった場所に行こうとすると、ホテルの人は首を横に振り、どうぞこちらへと丁重に案内してくれる。誰にも文句をいわれたわけではないのに、なんだかとてもいたたまれなくなり、ウエルカムドリンクを飲むのもそこそこに、会場を出てデニーズに行ってしまったというのだった。

「アロハを着ていけばよかったんだよ」

かすれた声でツルタさんがいうと、彼らは、

「なーるほど」

とうなずいている。本当にドレスコードは面倒くさいものである。

「困ったときはアロハですな」

穴くんがうなずいていた。

「でも、僕たち、デニーズでも嫌なことがあったんです」

赤門くんが訴えた。数少ない喫煙席に座っていたのに、近くにいる女性が彼をにらんだというのである。

「ちゃんと喫煙席に座っていたのに。迷惑なんかかけてないんですよ」

それを聞いたツルタさんから、

「彼女から受けた仕打ちに比べれば、がまんできるだろ」

といわれ、彼は素直に、

「はい」

とうなずいていた。

八時にアラン・ウォンズに着いたものの、満席で空く気配はない。おまけに私たちの前に、何組もの人が立って待っていた。

「この混雑ぶりは、期待できますね」

ツルタさんがうれしそうに笑った。アジア人男性と白人の女性のカップルが、私たちの前に待っていた。そこへ一人の黒人女性がやってきて、カウンターで予約の確認をしていた。それを見た赤門くんは目が十センチ飛び出し、口はまん丸く開いた。彼女が身につけていたのは、白いネット状のロングドレス。ネットといっても目が粗いので、身につけている、ブラジャーもパンツも透けてみえている。透けているといっても、シンプルな水着みたいなものだから、ハワイでは別になんということがないものだが、赤門くんには刺激が強すぎたらしく、目と口を開けたまま、その場に固まってしまったのである。それを見た前の白人女性は、

「アッハッハ」

と大笑いして喜んでいた。

四十五分待って、席に案内される。お店の人も感じがいい。厨房《ちゅうぼう》で働いている人の姿も見えるようになっていて、活気がある。女性のコックさんも何人かいた。アヒというまぐろのような赤身の魚が、ポピュラーなようだ。サラダにステーキにと使われている。山のように注文する。野菜も豊富に使われていて、いかにも体にいいという感じだ。あれだけお腹《なか》がすいていたのに、わーっと食べつくしてあっという間に腹一杯。でもデザートは頼む。しかしそのデザートも、大きなお皿にてんこ盛りで、それを平らげたらうつむけないくらいに満腹だった。一同、

と腹をさすりながら店を出る。タクシーに乗っても鼻息が荒くなっている。

「うー」

「食いましたねえ」

「食った、食った」

それしかいうことがない。ホノルルのメインストリートには、たくさんの人が歩いている。それを見たツルタさんが、

「あんたたち、よからぬ所へ行くんじゃないよ」

と釘《くぎ》をさした。するとふだんは従順な赤門くんが、

「はいはい、わかりましたよ」

とそっけない態度である。

「なにい？　なんやその態度は」

ツルタさんが怒っても、

「ふーんだ、そんな声じゃちっとも怖くなんかないもんね」

と明らかに小馬鹿《こばか》にしているのである。

「くそーっ、この声さえちゃんと出れば、お前なんか一発でいい負かしてやるのに。きーっ」

彼女は手足をばたばたさせて暴れ、赤門くんに殴りかかった。

「おっと」

彼女の攻撃を巧みにかわしながら、彼は不敵ににやっと笑った。

「くっそー、覚えとれよ。ただじゃすまんからな」

ツルタさんは力一杯彼のことを指さしながら、真っ赤になって怒っていた。

×日

夜中に大雨が降っているのに、朝になると晴れてくるという、ありがたい天気である。ホテル内のレストランで簡単に朝食。本日はオアフ島巡りである。ロビーで車が来るのを待つ。話によると昨夜、男性陣はあのあと部屋で酒を飲んでいた。赤門くんが煙草《たばこ》を切らしたので、買いに外に出たら、首を横に売ってくれなかったという。

「どうしてなんでしょうかね」

彼はちょっと怒っていた。一方、ツルタさんは参加せず、おとなしく部屋に戻ったという。

「体は大丈夫なんだけど、この声が、声だけが」

と悔しそうだ。

「昨日よりはいいみたいだけど」

そういうと、

「そうなんです。私もそう思ってたんです。よかったあ、やっぱりよくなってたんだ」

彼女が喜ぶと、男性陣は、

「ちぇっ」

と小声で悔しがっていた。

「なによ、あんたたち」

「いえ、何も」

「くやしーい、覚えとれえーっ」

また彼女は手足をばたばたさせて暴れた。

暴れているところへ、ムームー姿の日系の年配の女性が登場。

「オハヨウゴザイマス。アイコデス」

「あ、おはようございます」

いちおう挨拶《あいさつ》はしたが、突然のことで私たちはびっくりし、その場に固まっていた。

「アイコさんって誰？」

「こら、何とかせんかい」

ツルタさんにいわれて穴くんはあわててデイパックから紙を出し、

「あ、あの、ガイドさんだと思いますけど」

アイコさんはにこにこしている。

「クルマガキマスカラ、チョットマッテテクダサイ」

てきぱきしているが、相当の年齢であろう。私とツルタさんは、「アイコ六十八歳」などといっていたが、もしかしたらそれより上だったかもしれない。やってきた車はワンボックスカーではなく、リムジンだった。観光客にはリムジンと決まっているようだ。リムジンは向かい合わせの席になっているので、こういう感じに慣れない我々にとっては、何だか居心地がよくないのである。

一同、ちょっと首をかしげつつ、車に乗る。

「ミナサン、キノウ、オアフトウヲゴランニナリマシタカ」

と聞かれたので、

「昨日、着いたばかりなので、何も見てませーん」

といった。

「アラ、ソウデスカ」

とアイコさんは驚いていた。きっと団体でやってきて、早朝から島内を引き回されたと思ったのであろう。事前に穴くんが作成したスケジュールによると、今日はオアフ島の島巡りと買い物の予定だ。パッチワークの店。そこには博物館もあるという。東南部にある、最高の透明度を誇るハナウマベイ、ワイケレ・ショッピングセンター、フリーマーケットなどが予定に入っていた。車に乗って走りだしてしばらくすると、ツルタさんが、

「こら、穴、あまり脚を広げるな。短パンのすきまから、お前のたこ焼きが見える」

などといいだした。

「えっ、見えた？」

「見えないけど、見えそう。気分が悪くなるわい」

「そうか。おれのたこ焼きをいやというほど見せて、喉《のど》が治るのを遅らせてやるで」

穴くんはぱかぱかと股《また》を閉じたり開いたりして、ツルタさんを挑発し、呆《あき》れられていた。

すると、アイコさんが、

「イマ、トオッタトコロガ、ワイケレ・ショピングセンター」

などという。あわてて振り返ってみるものの、ショッピングセンターは、遥《はる》か彼方《かなた》に遠ざかっていくだけである。

「は？」

私たち、そこに行くはずだったのにと思ったが、もうどうにもならない。

「ちょっと、話は通じてるのか」

ツルタさんが穴くんにいった。

「はあ、あの、いちおうはそのはずなんですけど」

一同、首をかしげる。幹事の穴くんが、おそるおそる、

「あのう、今日の予定は、ワイケレ・ショッピングセンターと、フリーマーケットと、ハナウマベイと……」

といいはじめると、アイコさんは、

「ソレハムリ！　ムリヨ！」

といい放った。

「へっ？」

「ワタシハコレカラ、カンコウコースヲマワルツモリナノ。ヨジハンニ、ホテルニカエルノデショウ。ソレハムリデス！」

なんでそんなことをいうのかという口調で、私たちは叱《しか》られた。穴くんにまかせておいたらいかんと悟ったツルタさんが、

「観光コースじゃないところをまわりたいんです。そんなのつまらないし。勝手に決められては困ります」

といった。

「カッテニキメテルンジャナイノヨ。ソンナハナシ、イマ、キイタノ」

アイコさんは断固としていい張る。ツルタさんも、

「でも……」

といったっきり言葉が続かない。

「ワカッタ。ジブンタチデ、カッテニイキタイノネ。ガイドブックモ、モッテルシ」

ツルタさんがむっとして、ガイドブックを眺めているのを見て、きっぱりといい放った。

私たちも何もいわず、車の中はしーんとした。ただ車から景色を見ているだけではつまらない。

「どうしましょ」

穴くんがいった。

「どうしましょっていったって、どうにもならんやんか。今日はもう捨てた」

ツルタさんはがっくりしていった。彼らが事前にあれこれ決めてくれたのに、ダチョウ倶楽部《くらぶ》みたいに、

「聞いてないよ」

で済まされるのはちょっと気の毒でもあった。

アイコさんは走行中、建物を指さして、

「アレハ、ポリネシアンダンスヲ、ミセルトコロデス。アナタ、ガイドブックヲモッテイルカラ、ワカルワヨネ」

という。ツルタさんはむっとする。これくらいでやめておけばいいのに、目立つ建物が

あるたびに、アイコさんが、

「ガイドブックヲモッテイルカラ、ワカルデショ」

としつこくしつこく突っ込んでくるものだから、こちらの機嫌も悪くなり、しまいには無視するようになった。

「うるさいわね、アイコ六十八歳」

「どうしてこんなことになったのかしら」

「帰ってすぐ、JTBに連絡しておきます」

「年寄りだから、聞いたけど忘れちゃったっていうこともあるわよね」

「うーん、それはある」

運転手さんは地元の人のようだから、日本語でいってもわからないだろうと思い、私たちはこそこそと話していた。どういう理由だかわからないが、とにかく私たちの予定は見事に崩れたのは事実であった。

「ヒタチノコマーシャルデ、『コノキナンノキ、キニナルキ』ッテイウウタガアルデショウ。アノキガ、コノチカクニアリマスヨ。オカネモチノヒトガモッテイテ、トテモキレイニシテアルニワデス。ソコヲミマショウ」

いかにも観光ルートという感じである。

「はあ」

もう私たちはいわれるがままだ。たしかにそこには、「この木なんの木」があった。他にも同じ種類の木はあったが、いちばん形が美しい。他にも何人か観光客が来ていた。サングラスをしても、日差しが強い。一同、やぶれかぶれで、お間抜けな格好をして、木の前で写真を撮る。

「ハイ、ツギハ『アリゾナキネンカン』ヘイキマス」

アイコさんの言葉に、私たちは小声で、

「そんなの知らんぞー。どこに連れていく気だあ」

などと、ささやかな抵抗を試みていた。

アリゾナ記念館のアリゾナは、日本軍の真珠湾攻撃の際、被弾をして沈没した戦艦の名前だった。船と共に海の下に沈んだ兵隊さんたちの眼鏡や、水兵服、家族と撮影した写真などの遺品を見ると、何ともいえない気持ちになる。そのあとレシーバーを借りて、潜水艦の中に入る。このレシーバーの紐《ひも》を引っ張り、耳に当てると日本語で解説してくれるのである。潜水艦の中は、私ですら、

「狭い」

という感じだった。キッチン、シャワールーム、トイレなどは完備しているが、ベッドがとても小さい。ここに大の男が寝続けるのは、辛《つら》いだろう。

「ベッドの数は少なくないですか」

と聞いたら、アイコさんが、

「コウタイデネルカラ、ベッドハニンズウヨリモ、スクナクテイインデスヨ」

といった。長い船体の中にいくつものドアがある。トカゲの尻尾《しっぽ》みたいに、ダメージを受けた部分を切り捨てて生きのびる作戦か。たった何分かいただけだったのに、息が詰まる。ずっとこの中で過ごさなければならないなんて信じられない。

外に出ると、人間魚雷が展示されていた。人間魚雷の言葉は知っているが、実物を見たのははじめてである。黒い大きな弾丸という感じである。この中に入って敵に突進していくなんて、これまた信じられない。せっかく生まれてきたのに、命令でこんな物の中に入って命を落とすなんて、馬鹿《ばか》々しいにも程がある。

「本当に戦争っていうのは、信じられない馬鹿なことを人にやらせますね」

これが一同の素直な感想であった。

暑いのでミネラルウォーターを調達し、飲みながら車で移動する。

「ツギハ『ドール・パイナップル・パビリオン』ニイキマスヨ。ドール、シッテイルデシヨウ。アノカイシャガヤッテイル、オミヤゲモノヤサンデスネ」

アイコ六十八歳は張り切っている。

「はあ」

何だか私たちは拉致《らち》されているようだった。ツルタさんがガイドブックを見ていると、

「アナタ、ガイドブックヲミテ、ドウシタノ」

とまた突っ込んでくる。紐を引っ張ると同じことを繰り返す、アリゾナ記念館のレシーバーと、ほとんど同じであった。ツルタさんはそういわれて、バッグの中に本を押し込み、

「ふん、もう、絶対に本なんか見ない」

とつぶやいた。アイコさんはなんだかんだと説明してくれるが、リムジンでは後ろの席だと声がよく聞こえないので、何をいっているのかわからない。無視するわけにもいかないので、助手席に近いところに座っている男性陣が、

「はあ」

「ほお」

「そうですか」

と相槌《あいづち》を打っていた。ふと見ると、穴くんの顔色が悪い。

「どうした、血の気がなくなってきたぞ」

ツルタさんがいうと、彼は、

「気持ちが悪くなってきた」

という。リムジンの席は向かい合わせになっているので、彼は進行方向の逆側に座っている。アイコさんが話すと前を向いて相槌を打ち、そしてまた逆方向で揺られているうちに、車に酔ったらしいのだ。

「薬はあるぞ」

ツルタさんがいうと、彼は、

「とりあえず、いただいときます」

といって薬を受け取っていた。

ドールのパビリオンはものすごく賑《にぎ》わっていた。以前はハワイの産業のひとつだった、パイナップルの栽培や砂糖の生産も、みんなだめになり、観光だけが主な収入になっているという。パイナップル柄のＴシャツ。それも男性、女性、子供、赤ちゃん用と各種サイズがあり、観光客が大喜びをして買っていた。アイスクリームなどの食べ物の販売所もある。昼食前なので、ちょっと心はひかれたがやめておく。ツルタさんはアロハコーナーに走り、パイナップル柄のシャツを物色していた。私は子供用のパイナップルを象《かたど》ったバッグを買おうか買うまいか迷ったが、欲しい大きさではピンクしかなかったのでやめた。やはり本体は黄色でないといけない。絵はがきがあったので、数枚買う。穴くんは外のテラスで放心状態になっていた。

「コノミチヲマッスグイクト、ワイケレニイキマス」

再び車に乗り、アイコさんがそういったとたん、ツルタさんが、

「昼御飯を食べたいので、ワイケレで降ろして下さい」

といった。ところがハスキーボイスのままなので、アイコさんに、

「ハアッ?」

と何度も聞き返され、必死に、

「ワイケレで降ろしてくれえ」

と叫んでいた。

「ワイケレニイキタイ? 『マツモトアイス』ヲタベルノ?」

「松本アイス? 松本ハウスなら知ってるけど」

首をかしげていると、彼女はマツモト・グロッサリーストアという店があり、そこのかき氷が有名なんだという。

「いえ、食事をしたいので」

ツルタさんがそういうと、アイコさんは、

「ナニモナイデスヨ。タベルトコロナンカ、ナニモナイ。ハンバーガーヤ、サンドウイッチミタイナモノデスヨ。ホテルノレストランデ、オヒルゴハンヲタベヨウトオモッテイタノニ」

「そういうのはつまらないので、自分で食べるところを見つけたいんです。決められるのはいやなの」

ツルタとアイコの対決。間に入らなければならない穴くんは、車酔いですでにぐったりしている。いったいどうなることやらと見守っていると、アイコさんは、

「ワカリマシタ。ガイドブックデミテ、スキナトコロニイキタイノネ。ワカイカラ、ジブンタチノスキナヨウニ、シタインデショ」

といって、ワイケレで車を止めてくれた。

「イチジカンクライデ、モドッテキテクダサイ」

「はい、わかりました」

私たちはため息をつきながら、車を降りた。

「あそこに店があるはずなんです」

ツルタさんはガイドブックを手に、来た道を戻った。

「マーケットの裏に、チャイニーズレストランがあるはずなんですけど」

ペンキ塗りの家が道の両側に並んでいて、ひなびた雰囲気がある、のんびりとした所だ。炎天下、みんなで歩いて行ってみたが、そのような店はない。地図を見ると、絶対に間違いないのに、店はないのである。

「ああ、もう、なんだ、これは」

さすがのツルタさんもがっくりである。

「いいじゃないの、適当にみつくろって入りましょう」

あえてケンタッキーフライドチキンには入らず、当たりをつけてメキシコ料理の店に入る。店といっても簡単な造りの、土間にテーブルが六つといった狭い所だ。メニューを見ても、何が何やらわからないので、お姉さんのおすすめを聞くと、あるひとつの食べ物を指さした。五人で食べられるかとたずねたら、ラージのほうがいいと思うというので、それを注文する。食事を待つ間、

「どうしてこんなことになったのか」

と討議がなされる。

「だいたいね、ひどいんじゃないの。それだったら事前にスケジュールを立てることなんかなかったじゃん」

ツルタさんの怒りももっともである。

「でも前から、ハワイでのガイドは若い人は期待しないでくださいっていわれてたんですけど……」

穴くんがいう。

「年寄りだろうが若かろうが、そんなのどっちでもいいのよ。要するに、こちらの意向が伝わっているのかっていうことよ」

私も横から口を挟んだ。

「そうですね、そうですね」

穴くんは青い顔でうなずいた。

「これは帰ったら、忘れずにしっかりとＪＴＢに話しておけ」

ツルタさんはいい放った。

「どうしてあのばあさんの、いいなりにならなきゃならないねん」

それを聞いた赤門くんが、

「でもその声じゃ、なんか迫力がないですよね」

とぼそっといって、彼女からありがたいロケットパンチをくらっていた。

お姉さんが私たちの昼御飯を持ってきた。

「……」

一同、目が点になって何もいえなくなった。彼女が持ってきたのは、直径四十センチはゆうにあろうかと思われる、でっかいお好み焼きみたいなものだった。隣のテーブルにいた、中国系とおぼしきお兄さん三人は、食事の手を止め、呆然《ぼうぜん》と巨大お好み焼きを見ていたが、そのうちにくすくすと笑い出した。

「何、これ」

「でかい」

お姉さんは私たちの反応を見てにこにこしている。彼女のおすすめもあることだしといいながら、手を伸ばして食べてみると、これがまずいったらない。中には煮豆とキャベツをあえたものが入っているのだが、味がない。

「もしかしたら、はしっこだからかもしれませんよ。真ん中のほうには、ちゃんと味がついているところがあるかも」

赤門くんがお好み焼きの半径に線を入れ、中心に近い部分を口にいれた。

「どう、味はある?」

「うまいか? 味はするか?」

みんなは口々にたずねた。もぐもぐとみんな嚙《か》み終わったあと、彼は、

「同じでした」

と小声でいった。

「えー、どうしよう」

私たちは巨大なお好み焼きを前に、途方にくれてしまった。そんなときに赤門くんが、

「えーと、三百六十度を五等分すると、七十二度か」

といいながら、でかい丸クッションみたいな代物《しろもの》を五等分にしようとしているではないか。

「何している、そんなことは許さん!」

みんなで赤門くんの頭をどついた。

「あーあ、スケジュールはめちゃくちゃだし、昼飯はこうだし。ついてない」

ツルタさんは心の底からがっくりしているようだった。みなお腹《なか》はすいているものの、目の前の料理には手がでない。しかし愛想のいいお姉さんは笑っている。

「いちおう、失礼はないように食べませんか」

半分ちょっと過ぎたくらいまで食べるのが限界だった。お金を払ってそそくさと店を出る。

「あーあ」

みんな同時にため息をついた。

車ではすでにアイコさんが待っていた。

「オヒルハチャント、タベマシタカ」

「はい」

「オイシカッタデスカ」

「はい」

はいといわなければ、彼女に、

「ホーラ、ゴランナサイ。ワタシノイウトオリニスレバイイノニ。チャントホテルノレストランニ、ツレテイッテアゲタノニ」

といわれるに決まっている。ほとんど意地の張り合いであった。

そのあと、ノースショア沿いに車を走らせ、運転手さんが、

「コノヘンハ、ケシキガキレイダカラ、シャシンヲトルトイイデスヨ」

と車を止めてくれた。たしかに美しい海だった。サーフィンをしている人もいて、あん

なに遠くまで行くのかと驚くくらい、小さくなっている。

「アノヒトタチハ、ジョウズデスネ」

運転手さんがいった。

「私なんか、ボードの上に立つどころか、一生、あそこまでたどりつけないわ」

と私がいうと、みんな大笑いした。見渡す限り、青い空、青い海。ぼーっとしているだけで気持ちがいい。ツルタさんが、

「この人、煙草《たばこ》を売ってもらえなかったんですけど、いくつに見えますか」

とアイコさんたちに聞くと、

「コウコウセイニ、ミラレタンジャナイノカシラ」

「コッチノコウコウセイハ、フケテイルカラネエ。ヒゲヲハヤシタリ、オオキナオナカデ、ガッコウニカヨッタリシテイマスヨ」

という。

「そうか、あんた、十六、七にみられたんだわ」

「うーむ」

赤門くんは頭をかいている。

運転手さんと話していたツルタさんが、つつつと私のところに寄ってきて、

「あの運転手さん、日本人なんですって。こちらに来て三十年だそうです。地元の人だか

ら、日本語がわからないだろうと思って、アイコ六十八歳の悪口をいっちゃったけど、みんな聞こえていたかも」

といってあせっている。

「いっちゃったもんはしょうがないから、これからはいわなきゃいいのよ」

とりあえずそういっておくと彼女は、

「そうですよね、そうだわ、そうしましょ」

と納得した様子だった。

車で走っているうちに、すでにあきらめの境地になっていた私たちは、アイコ六十八歳への怒りもとけ、食後に酔いどめの薬を飲んだ穴くんの体調も回復し、車内はちょっとなごんだ雰囲気になった。

「コレカライクトコロハ、カゼノメイショデス」

「はいはい」

もうなすがままである。車を降りて歩いていくと、有名な場所らしく白人の観光客がたくさんいた。

「ココニハ、ホゴサレテイルトリガイルンデスヨ」

鴨《かも》やあひるのような鳥の絵が描いてある。

「ア、アソコニイマスヨ」

「えっ、どこどこ」

私とツルタさんは、目をこらして草が生えている地べたを見ると、三羽の鳥がこちらを見ている。グレーとうす茶色がまじったような羽色で、頭から顔にかけてが黒っぽい。うまいこと保護色になっていて、目をこらさないとわからないくらいだ。しばらく私たちと見合っていたが、三羽連れだって、のんびりとことこと歩いていってしまった。

表示を見ると、「PALI」と書いてある。たしかに海に面しているので、風が強いことは強いが、いったいどこが名所なのだろうかと思っていると、アイコさんが、

「ココ、ココ。ココガ、カゼノメイショ」

と指さした。ムームーの裾《すそ》が翻《ひるがえ》っている。

「きゃー」

ツルタさんと一緒にその場所に立ってみると、突然、風が強く感じられ、立っているのがやっとというくらいだ。白人のパパに手を引かれた小さな女の子が、びっくりして手足をばたばたさせている。私はそのとき帽子をかぶり、サングラスをかけ、Tシャツにチノパンツ、上にフード付きのパーカーを着ていたのだが、もちろん帽子は押さえないと飛んでしまうし、パーカーの下に着ていたTシャツも押さえないと、めくれあがってしまうところだった。ツルタさんもアロハシャツをめくられないように押さえるのに必死である。

「シャッターチャンス、シャッターチャンス」

口車くんがラクダのメスもいないのに、そんな場面をカメラに写そうとして、そこいらへんを走りまわっていた。

「ここはヅラチェックにいいですねえ」

「うーむ、立たせたい奴《やつ》が山のようにいるねえ」

「たとえば誰ですか」

「PとかOとかTとかNとかKとか」

「いいですねえ、いいですねえ」

「会社で立たせたい人はいないの」

「いやあ、社の人はみな潔《いさぎよ》いですから、そんな姑息《こそく》な手を使っている人はいませんね」

「そうか、残念だなあ」

やっと凧の名所から抜け出て、後ろを振り返ると、赤門、穴の半ズボンコンビが、

「うわあ、うわあ」

といいながら、凧《たこ》みたいな格好になっていた。

「ほんと、あれじゃ、まるで高校生ですよね。とても三十前後の男とは思えない」

ツルタさんはそういって、首を横に振った。

「スゴイデショウ」

アイコさんの言葉に、私たちは素直に、

「はい」

とうなずいた。そろそろ陽もかたむいてきた。

「ソロソロモドリマス。カメハメハダイオウノゾウ、ヲミテカエリマショウ。ダウンタウンニアリマス」

「はいはい」

車は緑の多い場所を抜け、ビルが建っている場所へと入っていった。

「あっ、チャイナタウンだ」

私たちは窓の外を見て腰が浮いた。

「降ろしてくださあい、降ろしてぇ」

かすれ声のツルタさんが、手足をばたばたさせて、アイコ六十八歳に訴えた。

「エッ、ドウシタノ？」

「チャイナタウンを見たいんです。三十分くらいで戻るから、降ろしてええ」

「ジカンガ、ネエ……」

アイコさんは渋い顔をしていたが、運転手さんが、

「ダイジョウブデスヨ」

といって降ろしてくれた。

「サンジップンネ、サンジップン」

アイコさんに念をおされて、私たちはわーっとチャイナタウンに散らばった。

「やっぱりこういう場所に来ると、安心しますねえ」

穴くんもちょっとうれしそうだ。

「こういうところがあったんなら、早く来るんだった」

ツルタさんは早足で歩いている。

「喉《のど》の薬が欲しい」

「それなら、あそこに薬屋さんがあったよ」

いかにも効きそうな薬を扱っているような店構えである。ツルタさんの声を聞いたとたん、店の年配の男性が、

「オーッ」

とため息をつき、気の毒そうな顔をした。息子とおぼしき若い男性が、煎《せん》じ薬を取り出したが、お父さんのほうが首を横に振り、飲み薬と飴《あめ》を指さした。旅行者とわかったから簡便なほうの薬にしてくれたのだろう。

「これでほっとした」

ツルタさんは安心したようすで、チャイナタウンを歩きはじめた。

「あっ、あそこにスーパーマーケットがある。行ってみましょう」

普通の小さな店だが、近所の人が買い物に来ている。

「いかん、ここでみやげ物を買いそうになってしまう」

私は自制しつつ、店内を回った。

「おおっ、これは」

私は陶器が無造作に積み重ねてある棚を見て、思わず叫んだ。私が探していた卓球坊やの絵がついた、金ぶちのれんげを売っているではないか。東京の大中でも一時は売っていたのだが、最近では全く見なくなり、探していたのである。こんなところにほこりをかぶって、邪魔くさそうに置いてあるなんて。おまけに飲み口に、ピンクのボーダー風な柄と花束がついている湯飲みもある。

「おおおおお」

私は興奮して、それをレジのおばさんのところに持っていった。おばさんは私が差し出した、卓球坊やのれんげ五本と、湯飲みを見てにこっと笑った。

「これ、かわいいですねえ」

ツルタさんにも誉《ほ》められ、私は上機嫌である。これで今日起こった、もろもろのことも帳消しである。

時間がきたのであわてて車に戻る。アイコさんも、

「ハナヲカッタノ。キレイデショウ」

と花束を見せてくれた。男性陣は食堂をのぞき込み、

「うまそうなんですけどねえ。今、休憩してるみたいなんですよ」

とひどく残念そうだった。

「あーあ、昼間、ここでお昼が食べられればねえ」

私たちは小声でそういった。

そこからすぐ近くに、カメハメハ大王の像が建っている。州最高裁判所の前だ。大王の像の前に立ってみると、景色がとても美しい。実はこの像の顔はカメハメハ大王の顔ではなく、大王の家来のなかのハンサムな男性の顔を使ったらしい。黄金のマントを掛け、がっちりした体格の像はマントと同色の締め込みをしていた。当たり前だが、締め込みの隙《すき》間《ま》から、カメハメハ大王のたこ焼きは出ていなかった。近くには大木に育った驚異的なでかさのポトス、枝が地面に着くと、それが根になって土の下に入りこんでいくという不思議な木など、珍しい樹木もあった。

「チャイナタウン、もっと見たかった」

そういいながら、車に乗り込んだ。

時間通り、四時半にホテルに到着。アイコさんが、

「アシタハ、ドウスルノデスカ」

と聞いた。

「ハワイ島に行きます」

と答えると、

「ソレデハ、パスポートヲ、ワスレテハイケマセンヨ」

という。

「パスポート？」

一同びっくりして声を上げると、

「パスポートハイリマスヨ」

というではないか。

びっくりしつつアイコさんと運転手さんにもお礼をいい、むこうもにこやかに手を振ってくれて、まあ、めでたしめでたしという感じで別れる。

そのあとパスポートの件で大騒ぎ。

「おい、あんた、パスポートがいるなんていう話を聞いたか」

ツルタさんが穴くんに尋ねた。

「いえ、あの、その、いえ、その、ないです」

穴くんはしどろもどろである。

「JTBにいわれてないのか」

「ないです」

「役に立たんなあ。アイコさんにいわれなかったら、絶対にパスポートなんて持っていかなかったぞ。ああよかった」

ツルタさんはそういって胸をなで下ろした。

「よかった、よかった」

そういいながら、

「アイコがはじめて役に立った」

というツルタさん共々、お年寄りは大切にしなければいけないと、私たちは深く反省したのであった。

夕食後は「レジェンドインコンサート」というそっくりさんショーを見に行く。

ディナーつきの席もあるのだが、ツルタさんが、

「ああいうのはまずいに決まってますよ。ファストフードみたいなハンバーグとかを食わせられるんじゃないんですか」

というので、カクテル席にしたのである。

「昼間はあれでしたから、晩は期待していて下さい。阿川さんに教えていただいた店ですから」

口車くんがにやっと笑いながら、ポケットから地図を出した。ごていねいに地図まで書いて下さったそうである。

「じゃあ、これから着替えて、このへんを散策したあと晩飯だあ」

ツルタさんのかすれ声に後押しされて、私たちはそれぞれの部屋に散った。

部屋の中は日中の日差しの名残りがあって、まだもわっとしている。このくらいの時間にならないと、ベランダに面した戸がまぶしくて開けられないのだ。服をあだこうだと組み合わせてみるが、持ってきた服の選択を見事に間違えたことがわかり、頭をかかえる。やっぱり冬の日本で常夏《とこなつ》の島ハワイの気候を想像するのは、私には難しいことだった。こうやってひとつずつ学んでいくのである。

ロビーに集合し、近所を散策に出かける。外国に行くとなったら、まずブランド店にかけこんで行くツルタさんが、

「おいで、おいで」

と手まねきしている高級ブティックのあやしげな光に目もくれない。

「どうしたんだ！」

男性陣は驚くばかりである。

「大人になったのう」

穴くんがつぶやいた。

「あんたにいわれたくないわい」

そういいながらショッピングモールの一階を歩いていると、蘭《らん》の花でレイを作ってくれる店がある。

「そういえば、飛行機を降りたときに、レイをかけてくれたりするけど、あんなことしてくれなかったですね」

ツルタさんはいった。

「ああ、あれねえ。昔はやってたかもしれないけど、今やったら大変なんじゃないの。おまけにあの入国審査の厳しさじゃ、にこにこしてレイなんかかけている場合じゃないのかもしれないよ」

「なるほど。でも、ちょっと淋《さび》しいなあ。自分で買っちゃおうかしら」

ツルタさんの言葉に穴くんが、

「そっちのほうが、淋しくないか」

と口をはさみ、

「かもしれん」

と納得していた。ブランド品の紙袋を下げた、日本人の若い女性がたくさん歩いている。

「あの人たちは、いったいどういう立場の人なの？」

私が聞くと、みな、

「さあ」

と首をかしげている。

「ＯＬは今は休めませんからねえ。学生じゃないですか」

「学生なのに、なぜ、あんなにシャネルやプラダで買い物ができるのですか」

「さあ、それは私たちにもわかりません」

どこからお金が湧《わ》いて出てくるのか、不思議である。白人の年配の女性も歩いているが、あまりの皺《しわ》の多さと肌のぼろぼろさに驚く。東洋人は肌がきれいだといわれるが、あらためて白人の肌を見るとそう思う。皺も深く、そばかすの量だってはんぱじゃない。ツルタさんと、

「すごいですねえ」

といいながら歩く。肩にオウムを乗せて、写真を撮らないかというにいちゃん、ねえちゃんと目が合わないように歩く。

「僕、再チャレンジして来ます」

赤門くんが煙草《たばこ》を買いに行ったものの、また売ってもらえず、半泣きで帰ってくる。

「よし、わかった。おれが行ってやる」

穴くんが行くと売ってもらえた。

「どこが違うっていうんです。そりゃあ、僕は穴さんよりも年下ですが」

たしかにどっちも高校生みたいなもんである。

「あんたはハワイでは、煙草を買うのはあきらめろ」

ツルタさんにそういわれて、赤門くんは首をひねり続けていた。

ああだこうだといいながら歩いているうちに時間になり、タクシーで阿川さんに紹介していただいた、タイ料理の店に行く。こぢんまりとした感じのいい店だ。二階に案内される。昼間の食事に満足感がなかったため、思いっきり注文する。私はただでさえタイ料理が好きなのに、昼はろくに手をつけなかったこともあって、お腹《なか》が鳴りっぱなしである。

「もう、何でもいいから、頼んで！」

という感じであった。

注文したはしから、どんどん料理が運ばれてくる。めちゃくちゃうまし。

「うますぎないか」

「うますぎるう」

一同、無言で食べまくる。私が魚の蒸したのを食べているとき、ビーフンが運ばれてきた。そちらにも目を奪われたが、まだ皿に魚が残っていたので、手を出すのも無礼だと思い、早く食べてからビーフンを取ろうと思っていた。ところが魚を食べ終わって、ビーフンに手を伸ばそうとすると、きれいになくなっているではないか。

（ないっ！　ないないないっ！）

ものすごくむかついた。

（くっそー）

こんなことで四十を過ぎた女が、

「何で残しておいてくれなかったのよ」

と怒るのははしたない。私は怒りをぐっと抑えながらも、

(大きなエビもシャンツァイも入ってたのに……)

とぶつぶつ腹の中で文句をいっていた。

山のように食べたあと、レジェンドインコンサートに向かう。場所はさっきぶらぶらと歩いたショッピングモールの上にある。チケットを買って、エントランスに入ると、偽《にせ》マドンナとマイケル・ジャクソンのお出迎えである。マドンナはどちらかというと、
の偽マリリン・モンローのほうに似ていた。マイケル・ジャクソンはほとんど化け物だった。館内は満席である。いちばん前のテーブル席に案内される。

「じゅらくよーん」

まずマドンナの登場。バックダンサーを従えての登場である。本物のマドンナは、筋肉質でしゃきっとした体つきをしているが、どうもこの偽マドンナは、ぽっちゃりしすぎている。おまけに胃が出ている幼児体型で、バックダンサーのお姉さんのほうが、スタイルがいいのである。

「これじゃあ、あと一年もてばいいっていう感じですね」

ツルタさんが私の背後からささやいた。

「とてもあの体が、締まるとは思えないもんね。年もとるわけだしさ」

「もう、オーナーから引導を渡されているかもしれないよ」

「そうですねえ、前座みたいなもんですからねえ」

私たちはぽっちゃりしたマドンナを横目で見ながら、こそこそと話をしていたが、男性陣は幼児体型だろうが何だろうが、どうでもいいようであった。

次に登場はニール・ダイアモンドである。私くらいの年齢だと彼の歌も顔も知っているが、若い者は彼のことなんか知らない。

「ううっ、似ているんだか似ていないんだか、わからないよう」

ツルタさんは頭をかかえていた。顔は全く似ていないが、歌声は似ていた。赤いシャツの前をはだけ、胸毛をみせびらかしているものの、顔は高田純次似の面長。とてもニール・ダイアモンドとはいえないが、どこかで見た顔だと思っていたところ、

「あっ」

と赤門くんが声をあげた。

「あの人、うちの編集長にそっくりだあ」

彼はニール・ダイアモンドより何より、新潮社、「フォーサイト」編集長のＩ氏にうり二つで、私たちは、

「こんな所でＩさんに会うなんて」

と腹を抱えて笑ってしまったのである。

するとと彼は歌いながら、客席に降りてきて、客と握手しはじめるではないか。ツルタさんは、

「来た、来たあ」

と大喜びである。こっちに来るな、こっちに来るなと念じていたのに偽ニールは赤シャツの胸を広げ胸毛を見せびらかしながら、握手を繰り返し、とうとう、私たちの近くにも来ちまったんである。口車くんと握手し、そして私のほうに手を伸ばしたので、仕方なく握手した。男性と手を握った回数なんて、私の人生において数えるほどしかないのに、どうしてハワイまできて、こんな奴《やつ》と握手しなくちゃならないのかと思うと、むっとした。

偽ニールは再び舞台に上がり、客が全く喜んでいない歌を披露している。

ふと後ろを振り返ると、ツルタさんがのけぞって笑っていた。

「本当に嫌そうな顔をしてましたね」

「当たり前だ。あんな強制的な握手は迷惑だ。バックダンサーのかわいい男の子二人となら、喜んで握手をするけれど、あいつとはいや!」

精一杯笑ったつもりだが、顔はむっとしていたらしい。ツルタさんはニールが歌っている間中、腹を抱えて笑っていた。ごくごく一部の日本人だけに受けたニールのショーは盛り上がらずに終わった。

次はホイットニー・ヒューストンであるが、これは似ていた。本物はもっと細くてスタ

イルがいいのかもしれないけど、そっくりさんとしては、

「いけてるじゃん」

といいたくなるくらいの人だった。

「ホイットニーなんかはいいけど、ニールなんか、あの程度でどうするんですかねえ」

「そうよねえ、顔は似てないし歌は地味だし。でも日本ではそうかもしれないけど、アメリカではニールも大御所なわけでしょ。五木ひろしとか森進一みたいなもんなのかなあ。でもしょせんそっくりさんだもん。本人じゃないから、虚《むな》しいわよね」

「わけがわかりませんねえ、ここのそっくりさんは」

再びバックダンサーが登場して、偽マイケル・ジャクソンが登場した。彼の顔は全くどういう顔かわからない。ただいじくりまわしていることだけがわかるのだ。

「この人の人生も悲惨よねえ」

「本物が顔を替えるたびに、この人も変わらなくちゃならないんですよ」

「怖いわねえ。自分の顔なんかなくなっちゃってるわよねえ」

「さっき会ったときも、べったべたに塗ってたじゃないですか。顔色なんかグレーでしたよ」

「そうそう、グレーだった。存在そのものがすでにスリラーよね」

私とツルタさんはほとんど、おばさんの井戸端会議状態に入っていた。でもニールと違

って、白人の観光客のおばさんにはとっても受けていた。「ビリー・ジーン」、「ビート・イット」はまだしも、「スリラー」の踊りはひどく、目を覆《おお》いたくなった。ウガンダや極楽とんぼの山本圭壱《けいいち》のほうが、はるかにうまい。

「疲れたんですかね」

「ちゃんと覚えてないんだよ。バックダンサーはきちんと踊ってたもん」

手抜きしやがってと思いながら、何の因果かマイケルのそっくりさんになってしまった、彼の悲しいステージを見ていた。

最後はエルヴィス・プレスリーである。ポスターに出ていた男性と違っているところを見ると、何人かが交代でやっているようだ。

「マドンナも違っているみたいでしたよ」

チェックをすませた赤門くんがいう。私とツルタさんは、

「マドンナも二人いる。プレスリーも二人いる。でもニールは一人」

といったりした。白のハイカラーのジャンプスーツを着たプレスリーは、手をぐるんぐるん回したり、脚を振り上げたりして、熱血ステージになっていたが、二曲、三曲と見ているうちに、ワンパターンだということがわかり、だんだん飽きてきた。

「まだ若いでしょう。あの人」

「化粧も濃いですねえ」

「それでごまかしてるんじゃないの。そんなに似てないもん」

Ｊメンズ TOKYOで踊っているほうが、人気が出るようなタイプに見えるが、それにしても、体がむちむちむちしている。

「むちむちしているんだったら、往年のエルヴィスの貫禄《かんろく》がなくちゃあねえ。あの人は力不足」

私とツルタさんはめちゃくちゃ嫌な客になっていた。しかし手足をばたばたさせて、偽エルヴィスはそれほど歌もうまくないのに、必死で歌い上げていた。

「こういうのを見ると、やっぱり本物ってすごいって思うわねえ」

「そうですよねえ。偽物には華がないですもんね」

私は子供のときに、エルヴィス・プレスリーと越路吹雪が大嫌いだった。何だか二人とも気持ちが悪かったのである。ところがだんだん年をとるうちに、エルヴィスも越路吹雪も、

「すごい人だったんだなあ」

と思えるようになった。お子さまにはわからない、大人の芸のすごさがあったのだろう。

「そういえば、プレスリーの娘とマイケルは結婚したことがあったんでしたよね」

「そういえば、そうだったわねえ。マイケルの考えていることは、わからないわ」

舞台では偽エルヴィスが脚をふんばり、ぐるんぐるんと腕を回しながら、盛り上げてい

た。アメリカ人のおばさんは、とってもうれしそうな顔で見ていた。

「こういう人にも追っかけはいるらしいです」

穴くんがいった。

「ふーん。まあ、彼自身はそんなにひどくないもんね」

「若いうちに別の道を探したほうがいいと思いますけどねえ」

ツルタさんは腕を組んでうなずいた。

「でも彼は、エルヴィスに似てることがとってもうれしいのよ。ファンなんじゃないの」

「それはそうかもしれませんけど、しょせんそっくりさんでしょう。本人じゃないんだもの」

ツルタさんはそっくりさんに冷ややかな目を向けているようであった。

「まだ、歌うのか」

といいたくなるくらいの、あまり似ていないエルヴィスの歌もやっと終わり、場内は明るくなった。

「外でサイン会もあるらしいです」

穴くんがいう。

「そっくりさんのサインなんかもらったって、しょうがないじゃないの」

というと、彼は、

「いちおう念のため、もらっておきます」

とわけのわからないことをいって、列に並んでいた。エルヴィスは大人気で、日本人の女性客に頼まれて、ツーショット写真を撮られまくっていた。太ったマドンナも、マイケルも、ホイットニーもそれなりにサインをしている。そのなかでものすごく暇そうにしているのが、ニール・ダイアモンドであった。満面に笑みを浮かべて、あたりをきょろきょろし、

「誰か僕のところに来ないかなあ」

といいたげな風情《ふぜい》だったが、彼のところにやってくる人はいなかった。

「ひとりぼっちのニール。本名Iさん。かわいそう」

ツルタさんはそういいながら、げらげら笑った。口車くんが、

「群さん、ニールと一緒に写真を……」

といったが、

「やだ」

と拒絶した。すると赤門くんが、

「僕、握手してもらってこよう」

といって、ニールのところに走っていき、握手を求めた。するとニールの顔はぱっと輝き、これ以上うれしい顔はないという表情で、熱っぽく赤門くんの顔を見つめている。

「わあ、ニール、うれしそう」

「よかった、よかった、これでニールにも冥土《めいど》の土産ができた」

赤門くんが小走りに戻ってきて、

「えへへ」

と笑った。

「何かいわれた？」

「サンキューっていわれた」

「そうか、あんたが最初で最後の、ニールに握手を求めた人間かもしれん」

ツルタさんはそういったあと、

「きっとニールは、今晩、家に帰って、『そっくりニールの日記』にこう書きますよ。『ママ、ショーが終わったあと、サイン会の席上で日本人の十六歳くらいの男の子が握手を求めに来ました。かわいい子だった。僕の芸が東洋人の男の子にわかってもらえたかと思うと、心からうれしかった。ママも喜んで下さい。思えば自分から握手をすることはあっても、人から握手を求められたということは、この数年、なかったことです。よく話を聞いたら、彼の知り合いにも僕はとっても似ているそうです』なんてね」

といいながらげらげら笑った。

「その『そっくりニールの日記』って何さ」

私がたずねると彼女は、

「それはね、ニールがそっくりさんで有名になったら、出版しようと思っている自伝なんですよ。郷里のママにあてて書いている手紙風っていうのが、彼の狙《ねら》いなんですけどね。芸があの程度なんで、どこの出版社も相手にしてくれないんです」

といった。

「よくそんな下らないことを考えつくねえ」

私はあきれた。しかしニールはそういうことをやりそうなタイプであった。

「ニールはこんなところで歌っているよりも、新潮社の忘年会に来たほうが、ずっと受けると思いますけどねえ」

男性陣はそういったあと、

「ただし一回で飽きられるけど」

とニールを谷底にたたき落とした。帰り際《ぎわ》、みんなでそーっとニールのほうを見ると、さっきと同じように、満面に笑みを浮かべて、きょろきょろしていたが、誰一人として彼の前に並ぶ人はいなかった。

ホテルまでぶらぶらしながら歩いた。まだ人通りは多い。私たちの横をものすごく大柄な四人の女の子が、ミニワンピースを着てぶいぶいいわせて歩いていた。顔を見ると幼いので、十五歳くらいだろうか。でも体は関取のようだった。

「すごいねえ、どすこい四人組」

私がそういうと、一同はぷっと笑いながら、

「でかいですよね」

「顔は子供ですけどね」

「十代であれですからねえ。年をとったらどうなっちゃうんでしょうか」

赤門くんが真顔で心配していた。

「どう、あんたちょっと行ってナンパしてきたら。同年輩だと思われて話がはずむかもしれないよ」

ツルタさんがけしかけると、彼は、

「怖いからいいです」

と小声になって後ずさりした。

「しょうもない奴やのう。せっかく新しい彼女を見つけてやろうと思ったのに。そんな根性のないことでどうする。新しい恋人は見つからないぞ」

そういわれた赤門くんは、声高に反論はせず、

「でも、すごくでかいし。気も強そうだし……」

と小声でぶちぶちと文句をいっていた。

「わかった」

ツルタさんが突然、大声を上げた。

「何が」

穴くんが聞くと、

「マドンナとエルヴィスはつきあってるんです」

「はあ？」

首をかしげていると、彼女は、

「あのむちむちぶりが一緒だったし、マドンナはエルヴィスに、『あなたーン、最近、ちょっと太りすぎよン。私のためにもうちょっとスリムになってン』なんていってるんですけど、二人で一緒に暮らして、同じ物を食べているから、同じような太り方になってるんです。そうです。そうに決まってます」

そういわれてみれば、あのむちっとした太り方は同じであったが。

「でもマドンナのほうが年上でしょう」

「そうなんですよ。年上の女にやられちゃったっていうんですか。マドンナはショー関係の人の女だったんですけど、年をとってきたし太ってきたから、捨てられたんです。そこへ田舎から出てきた、エルヴィスにそっくりだといわれていた、何も知らない兄ちゃんが、女の色香に惑わされて、ずるずると関係が続いているというわけです」

これで間違いないというふうに、ツルタさんはうなずいた。

「よくもそんな下らないことを思いつくもんだ」

私はまたまたあきれかえった。でもそれもありうるかも、とちょっと思った。

「人のことを太った、太ったっていっとるけど、お前だって相当太ったぞ」

穴くんがいった。

「そう。うちの彼はデブ専だから、太れ太れっていうの。西田ひかるちゃんの大ファンなの」

そういいながら彼女はぷりぷりとお尻《しり》を振った。

「西田ひかるちゃんをデブの部類にいれるのは、かわいそうだぞ」

ひかるちゃんの名誉のため、一同はツルタさんに抗議をしたが、聞こえていないようだった。

「それじゃ、自分のことを西田ひかるだと思ってるんですかねえ」

「そうなんじゃないの」

「幸せな人だねえ。ツルタのあの能天気な幸せをちょっとでもニールに分けてあげたい」

ツルタをのぞく我々は、こそこそとそんなことを語り合い、堂々と胸と腹を張って歩く彼女の後ろにくっついて、ホテルに帰ったのだった。

×日

本日はハワイ島巡り。朝、起きるとやはり青い空、青い海。きれいな花々、かわいい小鳥。これさえあればいいという気分になる景色である。アイコ六十八歳からいわれた通り、一同、パスポート持参である。オアフ島でさえちゃんと見ていないのに、ハワイ島なんかへ行っていいのかという気分であるが、まあ、楽しいこともあるだろう。早朝に空港に行かなければならないので、空港で朝御飯を食べることにする。ツルタさんの声は全快。男性陣は、

「あーあ、とうとう治っちゃった」

と心からがっかりしている様子である。

「声が出ればこわいもんはない。ああ腹が減った」

一同、ツルタさんのあとをのそのそと歩き、彼女が気に入った店で朝御飯を食べることにする。別に決めたわけではないのだが、おのずとそうなってしまうのである。

私はトーストと紅茶で軽くすませるが、若い者はどーんと朝から食べていた。

「大きくなれよ」

といいたくなるような気分である。もちろんツルタさんも腹いっぱい食べて、

「よし、食った、食った」

といいながら腹をさすった。

「本当に元気になりましたねえ」

男性陣はコーヒーを飲みながら、泣いているような顔で笑っていた。

「私はちょっと気になることがある」

ツルタさんは空港内を歩きながらいった。

「何や」

穴くんが返事をすると、

「噂《うわさ》によると、国内線では体重を聞かれることがあるらしい」

と彼女はいう。ハワイは体格のいい人が多いので、国内線では機内の重量のバランスをとるために、これはと思う人には体重を聞くというのである。

「本当かしら」

私がげらげら笑うと、

「いや、そうかもしれませんよ。こちらの人の体の大きさって、ただならないですからね。それはあるんじゃないですか。だって小錦みたいな人が乗ることだってあるんですから。

それは飛行に影響するんじゃないでしょうか」

赤門くんがそういうと、男性陣はうなずいている。

「それでね、私がそれにひっかかったら、どうしようかと思って。その場合、正直にいったほうがいいよね」

妙にかわいらしくなってしまったツルタさんに向かって、穴くんは、

「当たり前じゃい。そんなところで嘘《うそ》ついたら、みなあぶないわ」

といい放った。

「そうか。ほんまのことといわんとあかんか。こりゃ大変だ」

ツルタさんは妙にうろたえている。

「大丈夫、大丈夫、聞かれたら私たち、指で耳の穴をふさぐから。第一、あなたくらいの体型で、体重なんか聞かれっこないわよ」

私が大笑いすると、

「そうですかねえ、でも」

と体をくねくねさせていた。

「まあ、気にするのももっともやな。最近、ダイナマイト・ボディに拍車がかかってきたからな」

穴くんがそういったが、めずらしく彼女は無言であった。

「ああっ、胸がどきどきする」

チェックインのカウンターの前で、彼女は胸に手をあてていっていたが、体重を聞かれることはなかった。

「ああ、よかった」

安堵《あんど》する彼女に穴くんが、

「きっとあのおじさんは、飛行機に異常をきたす可能性があっても、あんたの体重なんか聞きたくなかったんや」

といい、どつかれた。秘密の体重が暴露されることもなく、ツルタさんをはじめ、一同はちんまりした国内線の機内に入った。そのとたん、私たちはびっくりした。いちばん前の席に、ものすごーく太った黒人の女の人が座っていたからである。二人分の席が一人でいっぱい。さすがに小錦、曙を生んだ土地である。きっとこの人は体重を聞かれたのではないかと思う。でもたたずまいに品があって、とってもチャーミングで、胸の開いた花柄のかわいいワンピースを着ていた。

「あんなに太った女の人をはじめて見ました。いったい何キロくらいあるんでしょうかね」

「百キロはあるよな」

「あるある、十分ある」

た。

「すごいなあ」

男性陣も驚きの色を隠せなかったようで、座席に座ってからも、こそこそと話をしてい
「あんたもよかったなあ。上には上がいて」

穴くんにそういわれたツルタさんは、

「じゃかしい！　張り倒すぞ」

といいながら、こぶしで頭を殴った。それを見た通路を隔てたところに座っていた白人男性が、目を丸くしてツルタさんを見つめていた。

「国内線ってのんびりしてるよね」

「そうですね、いつでも落ちそうな感じがしますよね」

と私とツルタさんはあぶない会話をかわしながら、ぶーんと飛んで四十分後、あっという間にハワイ島コナ空港に到着した。オアフ島と違ってとてものどかそうな所である。まず空港の敷地から出る前に、売店でひっかかる。ミネラルウォーター、フイルムは必需品で仕方がないとしても、おみやげを買う者まで出てきた。島が変わったということもあり、のっけから観光気分が盛り上がっている。穴、赤門の両名は、

「お金を下ろさなきゃ」

といいながら、売店横の機械で、クレジットカードでドル紙幣を引き出そうとするが、

いつまでたっても引き出すことができない。そのうちにでかい白人男性が数人並びはじめると、びびって断念した。

「どうしたの、下ろせたの」

と聞く口車くんに、

「文句をいわれると怖いから……」

と赤門くんはいい、

「背後のプレッシャーに負けました」

と穴くんもいいわけした。

「ふん、お前ら、本当に気が弱いな。そんなことで海外旅行はできへんで」

ツルタさんは二人を小馬鹿《こばか》にし、鼻でせせら笑った。ツルタさんが後ろを向いたとたん、赤門くんが殴る真似《まね》をし、男性陣はとってもうれしそうな顔をしていた。

トイレも済ませ、十五分ほどそこでのらくらして外に出たところ、地元のＪＴＢの係の女性が青い顔をして立っていた。

「あまりに出てこられるのが遅いので、飛行機に乗っていらっしゃらないのかと思いました」

「いえ、あの、売店で買い物をしてまして、でへへへ」

一同、頭をかいてあやまる。

「ガイドさんも探しに行ってます。あ、来ました、来ました」

遠くから小走りにかけてくるおじいさんがいる。

「うーむ、ここでもか……」

私たちはうなった。

「ドウモ、ドウモ、ハワイトウニ、ヨウコソイラッシャイマシタ」

かくしゃくとしたおじいさんである。きっと、

「おじいさん」

と声をかけたら、怒られるであろう。

「シンパイシマシタ。デハ、イキマショウ」

車はまたリムジンだった。運転手さんはマイケルさんという四十歳くらいの大柄な白人の男性だ。穴くんは昨日のことがあったので、酔いどめの薬を服用したそうである。今日の予定としては、八時間半以上、車に乗ることになっている。

「車に乗ってばっかりいるのはつまらないから、何とかしろ」

ツルタさんと私が穴くんにいい、途中で降りてあれこれ見られるようなスケジュールにしてもらうように頼んでおいたのだが、八時間以上乗るというのは、なかなかハードである。

車に乗ったとたんに、ガイドはハワイ島道路図なるものを配り始めた。緑、黄色、橙《だいだい》

色のマーカーで色分けがしてある。てきぱきしているので、事前の私たちの要望も全部頭の中に入れ、昨日のようなことはないのではないかと、私は想像した。ガイドは前を向いてしゃべっていて、リムジンの後ろにいる私とツルタさんには何も聞こえない。

「でも、まあ、いいでしょ。今のところは、大したことはしゃべってないと思いますから」

ツルタさんは足を組んで、ぼあーっと大あくびをした。

「それもそうだね」

私たちは耳に入る部分は聞き、聞き取れないところは聞き流して、窓の外を眺めていた。明らかにここはオアフとは景色が違っている。オアフ島が海の島の感じなら、ハワイ島はキラウエア火山があるからかもしれないが、山の島という感じがする。なーんにもさえぎる物がない、まっすぐな十九号線を走っていくと、あちらこちらに、溶岩の上に白い石を並べたメッセージが並んでいる。恋人同士の名前、ハート、ＡＬＯＨＡと書いてあったりする。

「あの白い石は何ですか」

赤門くんが尋ねると、ガイドは、

「アレハ、サンゴノシガイデス」

という。十九号線沿いにその珊瑚《さんご》の死骸《しがい》を置いている店があるわけでもなく、

「いったい、どこから持ってきたんだろうか」

と首をかしげる。

ずんずんと車は走っていく。本来ならばコナ周辺を観光するはずであったのだが、そうではなさそうである。穴くんがガイドにいいたそうな顔はしていたが、ガイドの何ともいえぬ気迫に押されていいだせないようである。道路の左側には立派なホテルが建っている場所もあるが、それを過ぎるとまた何もなくなる。左を見るときれいで立派なホテル。右には珊瑚の死骸の文字。不思議な雰囲気ではある。

「うれしいなあ、今日は幌《ほろ》馬車に乗れる。うれしいな」

ツルタさんは喜んでいる。口車くんはラクダのメス好きであるが、ツルタさんは北京で馬に乗って以来、馬好きになっていた。ワイピオ渓谷の幌馬車とバーベキューは彼女がこのハワイ旅行のなかで、いちばん楽しみにしているイベントであった。

「ぽこぽこ行くのも楽しいわよね」

そういいながら、私も馬を見るのを楽しみにしていた。

車はただ道路を突っ走る。今のところ途中で降りてみましょうという話は出てこない。ただ猛スピードで走る車に乗って移動しているだけである。見渡す限りの溶岩地帯をぬけると、今度は緑が多くなってきて、民家もふえてくる。右を見て左を見て、きょろきょろしているうちに、ガイドがパーカー牧場について話しはじめた。

「パーカーサンハ、アメリカジンデ、トテモオカネモチデス。ドンドン、トチヲカクダイシテ、ダイボクジョウヲツクリマシタ。マタ、カレノオクサンハ、カメハメハダイオウノ、マゴデシタ。デスカラ、オウゾクトモフカイツナガリガデキテ、ハワイノケイザイニモエイキョウヲ、オヨボシマシタ。ソレデ……」

「はあ、はあ」

そう相槌《あいづち》を打ったものの、いちばんのお楽しみであるワイピオ渓谷については、ひとことも出ない。

「ねえ、私たちが昼御飯を食べるところって、パーカー牧場だったっけ」

ツルタさんに聞くと、

「ワイピオ渓谷です」

とにこにこした。

「それなのにワイピオ渓谷の話が、全然ないのはちょっと変じゃない?」

「それもそうですね」

ツルタさんもちょっと不安になってきたようだ。

「ちょっと、あんた、いやな予感がするから、聞いてみて」

ツルタさんが真顔で穴くんにいった。穴くんはぎょっとしながら、

「あの、その、ワイピオ渓谷へは……」

とガイドに確認しようとすると、穴くんの質問を半分も聞かずに、

「オーケー、オーケー、イマ、ワイピオニムカッテイルトコロヨ」

とうるさそうにいった。ちょっと怒っているようだった。ますます私たちの不安はつのった。車内には、

「大丈夫か？」

という空気が充満した。一人、頓着《とんちゃく》していないのは、ガイドばかりである。彼は勝手にああだこうだとしゃべりまくっていた。不安な五人を乗せた車は、しばらく走って止まった。

「ハイ、ココガ、ワイピオケイコク」

そういわれても、どこがどこやらよくわからない。ガイドの態度からして、こんなところで車を止めたくないというのが、ありありだった。いちおう、希望のワイピオ渓谷には来たので、一同、

「はあ、そうですか」

といいながら、むやみに写真を撮った。

「イイデスネ、サア、イキマショウ」

あっという間に車に押し込まれ、私たちは移動した。やっと幌馬車に乗れるのだなと思っていると、車は全く違う方向へと進んでいく。

ツルタさんは足をばたばたさせて暴れた。ものすごい形相で穴くんをにらみつけている。

「ほろばしゃあ、バーベキュー」

びびった彼が、

「あの、その、ワイピオ渓谷で幌馬車に乗るっていうのは……」

とガイドにおそるおそるたずねると、

「ジカンガアリマセン！」

とつっぱねられた。

「話が違うじゃない。今回のいちばんのイベントだったのに。あんた、何やってんのよ」

ツルタさんが文句をいうと、穴くんはおどおどと、

「でも、あの、その、日本からすでに予約をいれて、あの、ワイピオ渓谷で、あの幌馬車にですね、あの、乗る予定がですね、たしか組んであったんですけど……」

とガイドにいった。しかしその確認も、

「サア」

と首をかしげられて終わってしまった。

「ふざけるなあ。ほろばしゃあ、バーベキュー」

ツルタさんは私の隣で大暴れしている。

「昨日といい、今日といい、どうしてこんなことになるのよ」

私が穴くんに文句をいうと、

「いえ、あの、その、話は伝わっているはずなんですけど」

としどろもどろである。

「ひどすぎるんじゃないの。いったい誰のせいなの」

私も怒った。しかし耳がちょっと遠いガイドには聞こえていないようだった。ツルタさんはガイドブックを手に、

「オールドスタイルのワゴンは、川を渡り林をぬけて渓谷の奥へと進む。ガイドはワイピオ渓谷の住人で、案内の途中にウクレレと歌を披露してくれる……」

とワイピオ渓谷ツアーの部分を読み上げ、ひと息入れてから、

「ふざけんじゃねえぞお。穴、お前と旅行会社は、一生、許さないからな」

とまた暴れた。

ほとんど拉致《らち》といった状態で車に乗せられた私たちは、見渡す限りの牧草地帯に連れていかれた。牛が寝そべったり草を食べたりしている。

「ほら、馬はいないけど牛がいるから我慢しなよ」

口車くんがいっても、ツルタさんは、

「やだあ、馬じゃなきゃやだあ」

と体をよじった。そこを通過し、ショッピングセンターに到着する。

「チョットココデヤスミマショウ。メイブツノ、コナコーヒーガアリマスヨ。トテモオイシイデス」

駐車場で降ろされ、ガイドが顔なじみの店に私たちを連れていった。店の中からはコーヒーのいい香りが漂っていた。店の女性たちが、

「ドウゾ、ドウゾ」

とコーヒーを勧めてくれる。私はコーヒーが飲めないので、ほとんどを赤門くんにあげ、一口だけ飲んでみた。

「コレモドウゾ」

お菓子も勧められた。おなじみのマカデミアン・ナッツをはじめ、ナッツ類が並んでいたが、その中で私の目をひいたものがあった。それは「チョコレートおかき」である。おかきをチョコレートでコーティングしているのであるが、これがなかなか珍味だった。喜んで二瓶買う。おみやげにコナコーヒーもとりあえず買っておく。男性陣はキラウエアTシャツなどを買ったらしい。店の奥に得体のしれない木像がたくさんあり、

「何なんだ、こりゃ」

とツルタ、穴、両名と首をかしげる。

「コレハ、モッテイルト、オカネモチニナルゾウデス。コチラハ、ケンコウニナルゾウデス」

そうはいわれても、

「デザイン的にも、重量的にも、問題がありすぎる」

ということで穴くんも私も買わなかった。しかし他の物を見て、ふとツルタさんのほうを見ると、店員さんに何やら包んでもらっている。

「あら、どうしたの」

「へへっ、彼のために買いました」

「何を、これ？　この重いのを？」

びっくりして聞くと、

「いえ、これじゃなくて、こっちもお金の神様らしいので」

と高さが十五センチほどの、トーテムポールの顔一個バージョンを指さした。

「お前って本当に買い物が下手くそやな」

穴くんがいった。

「うるさい。そんなことをいうんやったら、今からワイピオ渓谷に戻って、幌馬車ツアーに連れてってくれ」

ツルタさんにいわれた彼は、あわてて退散した。もしかしたらあの像は、あの店においてて十五年ぶりに売れた一個ではないかと思った。

隣接しているスーパーマーケットものぞいてみる。ばかでかいが人は少ない。ガム、ミント、ものすごく間抜けな顔をした、小さなゴム製のブチ犬の人形、蚊に刺されたときにすぐつけられる、スティック状の虫刺されの薬などを買う。日用品がめちゃくちゃ安いが、まさかここで買うわけにはいかないので、横目で眺めて立ち去る。チープな買い物にふけっているところにガイドがやってきて、

「ジカンガアリマセン、ジカンガアリマセン」

とひどくあせっている。ところが穴くんが突然、行方不明になってしまい、一同であせりまくる。かつて上海《シャンハイ》ではよわぞうくんが行方不明になったこともあり、新潮社の社員はどうも行方不明になる傾向があるらしい。しばらく捜索したところ、まるで地べたからわいたかのように、ぬぼーっと姿を現した。やっと全員が集まり、またリムジンに乗る。

どうして年寄りに私たちのスケジュールを勝手に変更させられなきゃならないのか、私は車内で首をかしげていた。旅行会社がちゃんとしていないか、穴くんがちゃんとしていないか、ガイドがちゃんとしていないかの三つの理由しかない。これは帰国してからきちんと説明をしてもらわねばなるまい。車はまたずんずんと走って行き、ある施設の中に入っていった。

「ホーラ、ココガ『ボルケーノ・ハウス』ネ。ココデオヒルヲタベマス。トテモイイトコロデスヨ。テンボウダイカラ、カコウガミエマス。ランチタイムノジカンガアルノデ、マニアッテヨカッタデス。マニアウカドウカ、ソレダケガトテモ、シンパイデシタ」

ガイドは一人、うれしそうに興奮している。

「なにいっ？」

ばねじかけの人形みたいに体を起こしたのはツルタさんである。

「どうしてこんなところで食べなきゃならないんだ。こんなところに行くなんて、聞いてないぞお。ちゃんと説明しろおおお」

ツルタ、ボルケーノなみの大爆発であった。ボルケーノ・ハウスのランチタイムに間に合うも何も、私たちはここでお昼を食べることなど、はなから予定に入っていない。しかしここで食べなければ昼御飯にあぶれるので、仕方なくバイキング方式の、何の面白味もないランチを食べる。おのおのが料理を取って窓側の席に戻ると、ツルタさんは鶏《とり》の骨付き肉の煮たのを、皿にてんこ盛りにして持ってきた。あとはフライドポテトである。

「脂《あぶら》っこい物ばっかりやな」

穴くんが横目でちらりと見た。

「うるさい。こんなもんでも食べなきゃ、気が治まらん」

ツルタさんはしばらく手で骨付き肉を食べていたが、すっくと立ち上がった。

「おい、何だこの食べ方は。まだ肉がついてるのに、こんなに食い散らかして」

また穴くんが皿を指さして文句をいった。骨付き肉はすべてほんのひと口かふた口食べられただけで、転がっている。

「だってあとは全部脂だもん。太っちゃう」

「『太っちゃう』っていったって、お前、おかわりしにいくんやろ」

「うん」

「じゃあ、同じやないか」

「違う。脂のところを食べるのと、赤身のところを食べるのとでは、大違いなの」

彼女はおかわりを取りにいった。

「ツルタさんには、『ツルタ理論』があるらしいから、横から何をいっても無駄ですよ」

赤門くんがいった。

「そうか。でも、よくわからん。あいつが何を考えているか」

穴くんが首をかしげているところへ、ツルタさんは、さっきとは別の肉をてんこ盛りにしてやってきた。今度はトマトソース煮らしい。

「きみは永遠にやせることはできんな」

穴くんの言葉に彼女は、

「じゃかしい。このたこ焼き野郎。お前のせいでこんな飯を食うはめになったんじゃい」

と肉を食べながら毒づいていた。

渓谷でのバーベキューとはほど遠い、せわしないランチを取り、窓から外を見渡すと、火口が見える。たしかにでかいが特別に感動もない。

「火山も見たかったんだから、まあ、いいじゃない」

口車くんが口をとがらせているツルタさんをなぐさめても、

「いいや、幌《ほろ》馬車ツアーをすっぽかされたことは絶対に忘れない」

と怒っていた。たしかに火山を見るのはなかなかできない経験である。しかしそればっかりというのも辛《つら》い。少しは気がまぎれるかと、売店などを見てみたが、とくに目をひく物もなく、がっくりしてリムジンに乗り込んだ。

ガイドは私たちと違って、だんだん元気になり、声も大きくなっていった。

「ワタクシガヨンサイノトキニ、キラウエアガフンカシテ、ブランケットトオベントウヲモッテ、カゾクトイッショニ、フンカヲミニイッタオボエガアリマス。モウソレハタイヘンデシタヨ。オトナハ、オオサワギヲシテイマシタ」

なんだかとても興奮している。そして妙に火山に詳しい。

「もしかして……」

私とツルタさんはこそこそと話した。

「ボルケーノフェチかも……」

その予想は的中した。そのガイドは火山が大好きなボルケーノじじいだったのである。

「まずい」

ツルタさんはつぶやいた。だいたい火山付近は何もない。ツルタさんの好きなおみやげ屋もないし、男性陣が好きなきれいなお姉さんたちがいるわけでもない。ただただ荒涼とした紫っぽい地べたが続き、あちらこちらで蒸気があがっている。ただそれだけ。

「カザンハスバラシイ。ミルバショニヨッテ、ケシキガカワルノデス。ホントウニスバラシイ。チチュウノオクフカクニアル、マグマガフンシュツシテ……」

それからは延々とボルケーノについての語りである。もちろん私たちは誰もボルケーノに関心がない。せっかくハワイにやってきたのだから、火山を見ないで済ますのもなんだから、気持ちとしては、

「ああ、これが火山なのね」

とちょろっと見て、あとは自由に遊びたかったのである。ところが昨日と同じように、今日も年寄りのガイドに牛耳られ、計画はもろくも崩れ去ったのである。

私たちの乗った車が走るのは、ボルケーノの周囲だけ。

「ホラ、ココ、ココ、スゴインデスヨ。オリテミマショウ」

ガイドは張り切って車から降りる。蒸気がそこここで吹き出している。

「アツイデスカラ、キヲツケテクダサイ」

たしかに歩いていくと、足元が暖かい。

「ヤケドヲシマスカラ、キヲツケテ」

ガイドはさっさと私たちの前を歩いていく。本当に楽しそうだ。じいさんなのに歩くの

がとても速くなっている。私たちは、

「あーあ」

といいながら、だらだらと後をついて行くだけである。

「地獄谷ってこんな感じ？」

行ったことがない場所だが、私は言葉のイメージだけでみんなに聞いてみた。

「さあ、そうじゃないですかあ」

わざわざ飛行機に乗ってハワイ島までやってきて、また昨日の二の舞である。どうしてハワイのガイドってこうなのだ。じいさんは火口の端っこを指さしながら、

「ムカシココデ、コイビトドウシガトビコミマシタ。モチロンフタリトモナクナリマシタ。イタイヲ、ヒキアゲヨウトシマシタガ、トテモムズカシイ。ソコデイゾクガシンブンニ、ダレカオカネヲダスカラヒキアゲテクレルヒトハイマセンカト、コウコクヲダシマシタ。ソレヲミタヒトガ、ジブンガヤルトイッテ、イタイヲヒキアゲタコトガアリマシタ」

「はあ、そうですかあ」

「雄大ですねえ」

「すごいですねえ」

お愛想で相槌《あいづち》を打っているうちに、じいさんは姿を消した。

「あら、いなくなっちゃった」

ときょろきょろすると、先のほうでにこにこしながらこちらを向いて手招きをしている。

「本当にまあ、元気だこと」

じいさんは私たちが近づくと、待ってましたとばかりに、

「コノカコウニハ、マンハッタンガ、ゼンブハイッテシマウトイワレテイマス」

と胸を張った。

(本当かいな)

と私は首をかしげたが、その火口を歩いて渡っている人がいる。まるでアリみたいにちっこい。

「あの人たち、歩いてますけど、向こうに行くまでにどれくらいかかるんですか」

ツルタさんが気を取り直したらしく、じいさんに質問した。

「ソウデスネ、ナンジカンカカルカドウカワカリマセンガ。ヨジカンクライデショウカ」

それで会話は途切れた。じいさんは、

「シャシンヲトリナサイ、シャシンヲトリナサイ」

と勧めるので、いちおう写真を撮るものの、それほど興味なし。

「サア、イキマショウ」

リムジンに乗って移動。右を見ても左を見ても同じ景色を眺め、

「ココデオリマスヨ」

といわれて降りると、また火口。

「ココカラノケシキハサッキノトコロト、マタチガイマス。ドウデスカ、サッキノトコロトチガウデショウ。コノヨウニミルバショニヨッテ、イロイロト、ヒョウジョウガカワリマス」

じいさんはまた胸を張る。そしてしまいには、火山センターみたいなところに連れて行かれ、映画まで観《み》させられた。

「ホラ、ミテ、スゴイデスヨ。ワタシガヨンサイノトキニ……」

とエンドレスのおしゃべりがはじまった。口では、

「久しぶりに地学の勉強をしたみたい」

「すごいですね」

といいながら、私たちはもうキラウエアのげっぷが出そうである。正直いってどうしてこのじじいにつき合わなければならんのだという気持ちだ。私たちは、小声で、

「地獄のキラウエア巡り」

といいながら脱力していた。道路から蒸気が出ているところでも、わざわざ車を降りて見せられたときには、一同、言葉もなかった。

「はあ」

車内でぐったりした穴くんが、会社から持ってきた、新潮文庫のパンダ柄、Ｙｏｎｄ

a?くんのうちわをぱたぱたやっていると、運転手のマイケルさんが異様な興味を示している。

「ジス イズ ザ ジャパニーズ ファン バイ マン パワー」

などと説明をし、マイケルの目を青くさせていた。

ガイドとマイケルとの会話をキャッチした口車くんが、

「マイケルがこんなことをいってましたよ」

と小声でいった。

「なに、なに、どうしたの」

一同、耳を傾けると、マイケルが、

「火山なんてどこから観ても同じだよ」

とガイドにいうと、むっとして、

「そんなことはない。角度によってキラウエアは全く違うように見えるのだ。文句をいわないで運転しておれ」

というようなことをいったという。一同、

「マイケルってとってもいい人」

とマイケルファンになる。

帰り道、自然公園のようなところに連れていかれ、洞窟《どうくつ》の中を歩いたり、遊歩道を歩いたり、昔、綿のかわりに使ったという、茶色のふわふわした物を見せられる。ガイドが生えている木だったか、花の名前についての駄洒落《だじゃれ》をいったが、火山ボケで脳が酸欠状態で、内容は全く覚えていない。覚えてないくらいだから、きっと面白くなかったんだろう。車に戻る。するとマイケルが、

「自分の家が近くにあるから、ちょっと寄っていかないか」といってくれた。気の毒に思って気を遣ってくれたのだろうか。一同、火山よりは百倍ましだと、うなずく。

木や草花に囲まれた住宅地にマイケルの家はあった。家にいた娘さんをむりやり呼び出す。娘さんは、「パパ、何やってんのよ」といいたげに、ちょっと嫌そうな顔をしていたが、私たちにはにこやかに応対してくれた。赤門くんは彼女を見るなり、顔をぽっと赤らめていた。

「どうだ、赤門」

口車くんにそういわれた彼は、

「美人ですねえ」

とうっとりしていた。「娘はモデルになりたいといっている」というマイケルの言葉どおり、ものすごい美人である。年齢を聞いて十四歳というので、一同、びっくりする。赤門くんは、

「ここでも淫行《いんこう》条例ってあるんでしょうか」

と、真顔になっていた。お礼に口車くんが父娘の記念写真を撮ってあげて、マイケル宅をあとにする。美しい娘さんを見られて、心が洗われる思いであった。

また車に乗ると、

「ランヲウッテイルトコロガアリマスカラ、ミテイキマショウ」

といわれて蘭《らん》を栽培、販売しているところで降ろされる。火山以外の場所では、ガイドは異様なくらい無口である。他はどうでもいいらしい。中に入るとたくさんの蘭があったが、特別に目を引く物はない。日本に送ったとしても初冬だし、育てるのは大変だろうということで、買うのはやめにする。おみやげ類も特にめぼしい物はなく、十分ほどで店を出る。

帰りはヒロ空港からなので、そちらの方向へ向かう。途中、マイケルに、どこかいい店はないかと聞くと、いつも行くイタリアンレストランがあるというので、そこに行くことにする。すでにガイドは役目を終わり、蚊帳《かや》の外である。店の中では日系のおばあさんと息子らしき人が食事をしていた。そこへ我々が乱入。今日一日、ずっと耐え続けていたツルタさんが大爆発。大声で笑い、ワインを飲み、暴れているのを見て、息子がびっくりして何度も振り返っている。食べ物にうるさい口車くんが、ツルタさんが注文した料理がテーブルに並べられたのを見て、

「トマトソースのものばっかりだね」

とつぶやき、ちょっと険悪な雰囲気になるも、ワインを飲んですぐ和やかになる。ここの店は、新しい料理を皿に取るたびに、店のお姉さんがチーズとチーズおろしを手にすっとんできて、かけるか否《いな》かと聞き、うなずくとものすごい勢いでチーズをおろしてくれるという、面倒なサービスをしてくれるのである。空港へ行く時間を気にしつつ、時間ぎりぎりまで食べる。デザートは時間切れではしょった。なんとかすべりこみで間に合い、穴くんがマイケルにＹｏｎｄａ?くんうちわを二本プレゼントすると、マイケルが大喜び。

「そんな安物であんなに喜んで下さって」

一同、恐縮するが、穴くん一人、

「これでハワイでも新潮文庫が売れてくれたら」

などとわけのわからないことをいっていた。

チェックインカウンターで、代理店の女性が待っていて、我々を誘導してくれた。

「この人、私の大好きな人なんですよ。かわいいでしょう」

と航空会社のカウンター内にいたぽっちゃりした女性を見ていった。たしかに丸顔で目がぱっちりしている。やせているほうではないが、それがまたかわいらしいのだ。

「本当にかわいい人ですね」

というと、当の本人は顔をしかめて首を横に振る。

「え、どうして」

と尋ねたら、

「エブリバディ コール ミー デブ」

という。

「ひどいわねえ」

といったら、彼女はにこっと笑った。

元気のいい代理店の女性は、みんなが新潮社の社員だとわかると、

「あの、私、今までとても面白い人生を過ごしてきたんですけど、原稿を書いたら本にしてもらえますか」

といった。

「そういうことだったら」

とツルタさんがいうと、口車くんが名刺を渡し、

「新人賞があるので、それに応募して下さい」

と話していた。

あわてて待合室に行ったが、雰囲気はのんびりとしたものである。

「なんだ、急がなくても間に合ったやんか」

とツルタさんはちょっと悔しがった。最終便に乗り、ホノルル空港に戻る。

「今日はボルケーノじじいにつかまって大変だったね」

などと話しているうちに、また穴くんが行方不明になった。ツルタさんと私が定位置にいて、周囲をきょろきょろし、口車くんと赤門くんが探しにいった。十五分ほどして、泣き顔で歩いている穴くんを発見。一同、ほっとする。

「ばあさんとじいさんと、両方にきつい目に遭いましたね」

などといいながら、タクシーでホテルまで帰る。途中、プラダの店の前で、大きな紙袋をぶら下げて、階段にべったりとしゃがみこんでいる日本人の若い女二名を目撃する。

「あの見苦しい格好はなんだ」

と私が頭から火を噴く。

「ああいうことをするのが平気な女は、プラダを買う資格なんかない。店の前でしゃがむとは何事だあ」

私が一人で怒っているので、みんなは、

「そうですよねえ」

と小声で相槌を打つ。まあ立場上、気を遣ってくれたのだろう。

ホテルに帰る道筋に、コンドミニアムがたくさん建っている。川がありジョギングしている人が大勢いる。このような気候のいいところでのんびりと暮らせたら、楽しいだろうなあと思う。車の中からコンドミニアムを見上げているうちに、

「それにしても、藤田小女姫《こととめ》さんは、ハワイで何者かに殺されてしまって、気の毒だね

え」

という。それを聞いた口車くんが、

「おや、あの事件に興味があるんですか」

と目を丸くして聞いてくるので、

「そういうわけじゃないけど。小さいときから働いて有名になって、余生をハワイでのんびりと静かに過ごそうとしたんだろうにって思っただけよ」

という。若い者にはわかるまい。

ホテルに戻る。ロビーで口車くんが、

「穴と相談したのですが、今ひとつ盛り上がりに欠けるので、明日、水上スキーにチャレンジするっていうのはどうでしょうか」

などというので怒る。たしかに北京に比べて、ハワイはショッキングな出来事もなく、盛り上がりに欠けるのは事実である。ただ何もないことを楽しむというのも、いいではないかと思っている。話題作りのために何かをするというのは私はいやだ。私が日に焼けられないのは、彼が依頼してきた撮影の仕事を受けたからなのだ。それなのに水上スキーとは何事であるか。

「自分たちの都合のいいことばかりいうな！　盛り上がらないなら盛り上がらないなりに、そのように書くから放っておいてくれ！」

といって無視する。何かがないと盛り上がれない若者にはわかるまい。

私は部屋に戻りテーブルの上に置いてあったチョコレートを食べ、ベッドの上に大の字になって寝っ転がる。それほど疲れていない。テレビを付けてみると、アリス・クーパーが出ていて、誰かを相手に何事かしゃべっている。

「おおっ、アリス・クーパー。久しぶりだなあ。元気でやっていたのか」

と感動しながら見る。そして話の相手とツーショットになったとき、私はびっくりした。そこには何だかわからない、ものすごい人が映っていたからである。「何だかわからない、ものすごい人」というのは、黒人であることはわかるが、男か女かはわからない。その人が番組をしきっているのである。それもてきぱきとしていて、頭の回転はとてもよさそうだ。「RuPaul Show」とあるところを見ると、ル・ポールさんという人なのだろうか。黒人でその人だけを見ると、スタイルのいいモデル風なのだが、他の人と一緒に映ると、ものすごくでかいのがわかるのだ。声も低いし、脚もきゃしゃではなく、筋肉質でごつい。でもちゃんと胸もお尻《しり》もある。しかし最後にテレビに映ったときに、数人の男性がいたのにもかかわらず、彼女がいちばん大きかった。それもちょっと背が高いというのではなく、一・五倍くらいあるような印象だった。トーク番組の司会者のこの人は、いったい何者なのだろうか。

びっくりしているところに、口車くんから電話があり、明日の朝、私の部屋のテラスで食事をしたいのだがという。

「朝からものすごく暑いよ。目も開けていられないくらいだよ。サングラスも帽子もいるよ。それでもいいの」

というと、

「海を見ながらさわやかな朝食を食べたい」

とのことなので、彼らのオーダーを取り、私がまとめて注文することにする。モーニングサービスの注文書をドアノブに引っかけて、お風呂《ふろ》に入る。檜《ひのき》の湯のエッセンス持参で、ハワイでも檜風呂の気分である。ただぼわーっとして、今日の出来事を思い出してみたが、火口しか思い浮かばない。なんだか虚《むな》しい。それよりもさっき見た、なんだかわからないル・ポールさんらしき人のほうが、よっぽど私の印象に残った。

パジャマに着替えてベッドに入り、テレビのリモコンを動かしていると、若き日のエルヴィス・プレスリーのショーをやっていたので、つい見入ってしまう。スタジオでの公開収録らしく、外巻きヘアの若い女性が、キャーキャー叫びながら、エルヴィスの歌を聞いている。奥さんのプリシラも姿を見せて、ファンと一緒に客席でうっとりしているのがおかしい。

「さすがに本物は偽物《にせもの》とは違う」

とそっくりさんコンサートを思いだしながらうなずく。エルヴィスは歌っているときの腰の動かし方が卑猥《ひわい》だからと問題になったそうだ。そういえば、あのビートルズも当時は長髪を糾弾されたのである。今からみれば短髪なのに。世の中は変わるものである。ついつい最後まで見てしまう。

×日

夜中は大雨が降っていたようだが、申し分のない晴天である。いつもは出かけてから来るベッドメイキングの女性が、朝にやってきた。ここで集まって朝食を食べるので、その前にベッドメイクをしてくれるらしい。これもホテルの気遣いであろう。男性陣、そしてツルタ嬢がやって来た。

「あんたら、昨日はどうしたの」

彼女が彼らに聞くと、

「うーん、まあ、いろいろなことがありましたねえ」

と口車くんがいう。

「まさか、変なところに行ったんじゃないだろうな」

ツルタさんが突っ込むと、赤門くんは、

「口車さんはあぶなかったですね」

などという。

「なにい？　本当か」

目を丸くしたツルタさんに、口車くんは、

「違いますって。そうじゃないんですよ」

と弁解をした。

彼らが街を歩いていると、とてつもなく地味なおばさんから声をかけられた。何事かと思っていると、実弾が撃てるという。

「試しにやってみるか」

と相談がまとまり、三人はおばさんにいわれるまま、実弾射撃場に行った。そこには無愛想な男たちがいて、撃ち方を指導してくれたが、いざ撃ってみると反動が大きくて、体勢を維持することができない。おまけに最初に聞いた料金だと、あっという間に終わってしまい、もっと撃ちたかったら、お金を払えということになっている。お触りバーと同じような料金体系なのであろう。

「よく考えると、おれたち、おばさんに騙《だま》されたのかもしれませんねえ」

赤門くんはのんびりといった。

「そうだよ、騙されたよ」

口車くんもいう。

「まあ、仕方ないっすねえ」

穴くんも淡々といった。

いちばん成績がよかったのは、口車くんだった。

「あれは大変です。自衛官や警察官って、ああいう訓練をしてるんですね。あれは訓練をしていないと撃てませんよ」

赤門くんがいう。

「狙《ねら》った獲物は逃さないという噂《うわさ》は、何にしろ本当だったんですねえ」

穴くんはねっとりとした目つきで口車くんを見、

「お父さんが警察官だから、子供のときから裏の畑で撃たせてもらってたんじゃないですか」

などといった。

「うるさいな。おれのおやじは銃なんか持ってないよ」

口車くんが反論したが、二人は疑いのまなこで彼を見ていた。

実弾発砲の初体験のあとは、カラカウア大通りを三人で歩いていると、とにかく口車くんがピンクや赤の腹巻きだけを身につけたような白人のお姉さんから、やたらと声をかけ

られた。穴、赤門の両名には目もくれず、もちろん声もかけない。彼女たちは、

「ヒゲサン、ヒゲサン。サンビャクドル、サンビャクドル。ビョウキナイ。ダイジョウブ」

としつこくつきまとってくる。

「これも取材のひとつですから、試しに行ってきて下さいよ」

赤門くんがいうと、口車くんは、

「好みじゃないから」

と腰がひけている。

「あの人、美人じゃないですか。セクシーダイナマイト系ですよ」

お姉さんは、いったいどうすんのさというような顔で待っている。赤門くんはどういうわけだか、熱心に口車くんに誘いに乗るようにと勧めた。

「いやあ、僕はラクダに似ていないと……」

口車くんはそういいながら、白人女性の誘いから逃げまくっていた。そして三人は実弾を撃っただけで、おとなしくホテルに戻り、酒を飲んでいたというのであった。

「そうか、やっぱしあんたら、子供に見られたんや。煙草《たばこ》ですら売ってもらえないんだから、相手にしてもらえないわ」

ツルタさんに鼻でせせら笑われた二人は、

「別にいいです。白人のお姉さんから声をかけてもらえなくても」

とちょっとひがんでいた。

「それにしても……」

ふと気がつくと、一同はテラスではなく、部屋の中で固まっている。

「日差しがすごいですね」

「だからいったでしょ。頭がくらくらするよ」

そのときちょうど朝御飯がやってきた。テーブルから何から、レストランの一角が大移動という感じである。男性二人がてきぱきとテーブルセッティングをしてくれた。

「ああ、久しぶりの米の飯」

ツルタさんと穴くんは和食を注文した。私は洋食にしたが、好物のパパイアを注文するのを忘れなかった。日焼けができない私は、御飯を食べるというのに、帽子、長袖《ながそで》Tシャツ、サングラス姿である。ますます日差しは強くなり、すぐに温まるジュースや水。バターは一気に溶ける。ただしコーヒーや紅茶はいつまでたってもさめない。

「こんなこと、しなきゃよかった」

口車くんがぼそっといった。見晴らしのいいオーシャンビューがあだになった。

「でしょう。強烈なんだって」

「いい経験になりました」

汗だくになって食事を終え、室内に避難。今日は夜にディナークルーズの予定が入っているが、それまでは自由時間である。

「僕たちはビーチに行こう。群さんに教えてもらったビーチ用のシューズも買ったし。ツルタさんは？」

「私はプールにしよう。白人のおばさんにまじってるとやせてみえるからね。もったいないから、私の水着姿はあんたらには見せない」

みな言葉を失う。みんなはプールやビーチに行くのに、私だけアウトドアからはずれる。ツルタさんがホテルのネイルアートサービスに予約の電話を入れてくれて、私はつつましく爪《つめ》に色を塗りに行く。ふたたびみたび、着物の撮影を引き受けたことを後悔する。

「ああ、水着もシュノーケリングの道具も持ってくるんだった」

青い空と青い海を見ながら、ため息をつく。ほとんどこれは拷問《ごうもん》である。

「口車はビーチに行くといっていたな」

面白くない。だんだん機嫌が悪くなってきたので、気を取り直して、現地調達したアメ車とハイビスカスの柄のシャツに着替え、ネイルサロンに行く。

入って行くと、背が高くて感じはいいけれど、腰のあたりがくねっとしたヘアスタイリストが出迎えてくれた。うっふんとしなをつくって微笑《ほほえ》みながら、担当の人が来るので、ちょっと待っててねんというようなことをいって、椅子《いす》をすすめてくれた。座って待っていると、次から次へとおばさまたちがやってくる。どの人も六十歳過ぎとおぼしき年齢で、やたらと派手だ。みんな顔なじみであるらしい。どこかのお金持ちのご婦人なのだろう。

十分ほどして、ネイル担当の女性がやってきた。彼女もとても感じがいい。カラーチャートを見せられる。私はほとんどマニキュアをつけないし、つけたとしても肌の色に近い色ばかりなので、赤とピンクが混ざったような色を選んでみる。明るすぎますかと聞いたら、彼女もこの色がいいというので、塗ってもらう。手のマッサージをしてもらうととても気持ちがいい。

「ハネムーン？」

と聞かれたので、ぶんぶんと頭を横に振る。ここのネイルサロンには、日本人の新婚妻がたくさんやってくるそうである。甘皮を取る細かい作業をしているうちに、どういうわけだか、彼女がかけていた眼鏡が崩壊する。彼女はげらげら笑いだして、新しい眼鏡をかけ直し、信じられないと連発していた。

爪の先がきれいになると、なんだかうれしくなる。まだ乾ききらないので、注意するようにといわれて部屋に戻ったとたん、壁に爪を擦《こす》って、傷を作ってしまった。マニキュアを維持するのは大変である。いつもきれいに塗っている人は、ふだんの生活をどのようにしているのだろうか。

十二時半にロビーでみんなと待ち合わせる。私の爪を見て、

「花とか矢印とか、柄をつけなかったんですか」

と赤門くんがいうので、

「爪が短いから、難しいのよ」

というと、

「なるほど」

と納得していた。赤門くんは海遊びに目覚めてしまい、マスク、シュノーケル、フィンまで買った。一式揃《そろ》えてビーチを闊歩《かっぽ》する間、穴くんは愛社精神に満ちているというか、ワンパターンというか、Ｙｏｎｄａ?くんうちわを放さず、周囲の人々から奇異の目でみられた。赤門くんのスキンダイビングを見て、

「おれも」

といい出し、一組のフィンをとっかえひっかえして楽しむ。ふと見ると口車くんが泳ごうとしない。実は口車くんは泳げなかったのである。トップレス美女がたくさんいるものだと期待していたが、トップレスなのはおっさんと子供ばかりで、女性では老若問わず、そういう人はいなかった。ビーチでトップレス美女を眺めるつもりが、あてがはずれた口車くんは、ただ焼いているというのも何なので、プールサイドに行ってみると、オレンジ色の水着でプールサイドにいるツルタさんを発見。あわてて目を背け、一目散にビーチに戻り、

「見てはならぬものを見てしまった」

といい無口になった。それで何事があったかを察したビーチ小僧二人は、

「ああ、よかった。プールに行かなくて」

と胸をなでおろしたというのだ。

この話を聞いたツルタさんは、

「プールサイドはいいですよ。もう信じられないくらいぶっとい白人のおばはんたちが、山のようにいましたからね。あの中に混じれば、私なんか全然、目立ちませんよ」

「あら、そうだったの」

といった私の背後で、口車くんが、

「そんなことはなかった」

と小声でいい、それを聞きつけたツルタさんに、蹴《け》られていた。

「昼飯はどうするねん」

ツルタさんが聞くと、穴くんが、

「ラーメン、ラーメン」

とすがるような目つきをする。

「役員に聞いたら、悪くないよっていったんで、そこに行きませんか」

というので、ホテルの近くのラーメン店に行く。混んでいる。私、ツルタさん、赤門く

んと、穴くん、口車くんと二手に別れて席に着く。私の隣では白人の夫婦が、ラーメンをたいらげつつあるところだった。私はいちばんシンプルな、しょうゆ味のラーメンにする。食べているうちにちょっと塩気が多いかなと思う。口車くんの隣には日系人とおぼしきおばさん三人が座り、彼と仲良く話をしながらラーメンを食べている。華やかな服装からすると、こちらに住んでいる人のようだ。三十分ほどして店を出ると、口車くんが目を丸くしている。

「僕の横に、おばさんたち三人組がいたでしょう」

「うん」

「僕のすぐ横にいた人」

「ああ、紫の服を着ていた人ね」

「そうそう。あのひと、オカマなんだって。ちょっと見えませんよねえ」

「……」

一同、首をかしげる。

「そんなことあるわけないやん。あの人は立派なおばさんだよ」

「そうよ。あの人は女よ」

「でも自分で、『ワタシ、オカマダカラ』っていってましたよ」

「ちがーう！　あれは、『ワタシ、ヨコハマダカラ』っていったんじゃい」

穴くんが口車くんの頭にパンチをくらわした。

「へっ」

口車くんはしばらくぼーっとしていたが、

「そういえば、あとの二人の出身は広島で、あの人は船にのってこちらにお嫁に来たっていってました」

「あんたって本当に性別がわからないのね。北京のときでもおばさんを少年だと思うし、どう見たってあの人、おばさんに決まってるじゃないの」

「うーん、ラクダだったら、ひと目でわかるんだけどなあ」

彼は一同に馬鹿《ばか》にされるはめになった。

街をぶらぶら歩いていて、山のようにTシャツを売っている店で、ツルタさん、逆上気味にTシャツを購入。あとについていった赤門くん、

「す、すごいものがありました」

と興奮して戻ってくる。袋の中から取り出したのは、ベティちゃんのTシャツなのだが、そのベティちゃんのヘアスタイルが、ワンレングスなのである。

「こんなのはじめて見たわ」

「これはいいねえ」

赤門くんはとってもうれしそうである。そして、しまいには、

「ベティちゃんってかわいいなあ」

といい出した。どうやら彼の次の恋人はベティちゃんになったようだ。

スニーカーショップに行ってみると、日本人が山のようにいた。赤門くんはあれこれ店員さんに聞いていたが、すべて売り切れだという。

「欲しい物はなくなっているんですよ。みんな早いからなあ」

めぼしい物はあっという間に買われてしまうらしい。

免税店に行くと、修学旅行生が山のようにいた。最初は一緒に行動していたが、ボルケーノツルタが化粧品を見たとたんに大噴火。目の色が変わり、あっという間にひと袋をゲット。それを見た男性陣がおそれをなし、別行動をいいはったので、男女に分かれる。エルメスがあったので、いちおう入ってみたが、ブランド熱はさめたので、見ても欲しい物なし。ツルタさんが、

「グッチの靴が三十パーセントオフのセールになっています」

と朗報をもたらしたので、あわてて行ってみる。小さいサイズのみ残っていて、私のサイズはあったが、ツルタさんのサイズは売り切れていた。こげ茶のバックスキンで、銀の金具がついたローファーを買う。また化粧品売り場に戻り、ツルタさんは、ハードキャンディ、マックの口紅を購入。刺繍《ししゆう》物に目がない私は、トッカの刺繍のしてあるスカートを購入。ところが試着をする時間がなく、

「このくらいなら入るだろう」

と目見当で買ってしまった。

今回は、私はナチュラル系の薬をおみやげに買う予定であった。ツルタさんも欲しいという。

「たしかガイドブックによると、むこうのショッピングセンターにあるはずです」

といわれたので、後をついていく。フロアの隅の小さな店に行き、友だちのおみやげに、プロポリス、ビタミン剤、ブルーベリーが原材料の目の薬、肝臓の薬などを買う。ツルタさんもカゴの中に山のように薬瓶を入れている。

「何これ」

私が買ったのではない薬があるので聞くと、彼女はぽっと頬を赤らめて、

「これ、彼に。下半身に効くみたいなので」

といった。

「おや、そりゃ、結構だね」

日本に帰ったら、効果があったかどうか聞いてみなければなるまい。

薬を買い、エスカレーターで降りながら店を物色していると、時計や貴金属を売っている店があった。何気なくショーウインドーをのぞいていると、ツルタさんが、

「あああっ」

と大声を出した。

「これ、これ、かわいすぎるう」

指さすほうを見たら、そこにはピースマークが文字盤にいっぱいついた、時計があるではないか。それも平面的ではなく、秒針の動きに合わせて、立体的に交差するように作られている。

「かわいい、かわいい」

ツルタさんはかわいいを連発した。

「これ、ハワイ旅行記念に、プレゼントしてあげよう。私とお揃いでね」

私たちは店に入り、ピースマークの時計を買った。最後の二個だった。箱までかわいいピースマークの丸形箱だったので、私たちは大喜びした。二人ともいい気分になって、クルーズの待ち合わせ時間まで、それほど時間がないのに、ついついダナキャランをのぞいてしまう。

「クルーズの服をここで調達しちゃおう」

ツルタ、ものすごいどたんばの調達である。ツルタさんはワンピースを三着選んで、試着した。私はベルベット、フロッキープリントの半袖《はんそで》ブラウスと、ノースリーブのベルベットのブラウスを買った。

「どうですか」

フロッキープリントのワンピースは彼女には老《ふ》けてみえたので、黒いレースの物を勧める。

待ち合わせ時間の十五分前、私たちは全速力でホテルまで走った。これから仕度をしなければいけないのである。ギリギリガールズになってしまった。飛び込むように部屋に入り、ものすごい早さで着替え、あわてて飛び出す。この間、五分。こんなに早く仕度をしたことなんて、これまでの私の人生ではなかったことである。すでに汗だくだくでロビーに行くと、穴くんが不安そうな顔で待っていて、

「二人は先に行きました」

という。私たちが間に合わない場合は、集合場所で謝りたおすという作戦である。また走る。近くのホテルに集合し、そこからバスで港まで移動するのだ。

「どうしてこんな格好で走らなきゃならなくなっちゃったのかしら」

早く行きたいし、ドレスアップしてどたばたするのはかっこ悪い。私たちは上半身は平然とし、下半身だけ忙しく脚を動かすという、赤塚不二夫のマンガ方式で、やっとの思いで、待ち合わせ場所のホテルにたどりついた。たどりついてみたら、クルーズに参加する人々の格好が、あまりに軽装なのでびっくりする。おまけに旅行会社の人が、見分けるために、胸にシールを貼《は》れという。

「なにい？　ダナキャランのレースのワンピースや、コム デ ギャルソンの服を着ている

客の胸に、このシールを貼れだとお？」

私は怒った。もちろんわからないようにこっそりとだけど。ちょっと不愉快になりつつ、船に乗る。テーブルに案内されると、母親と男女二人の子供たちと相席だった。兄が中学生、妹が小学校高学年といったところだろうか。

「きっとうるさくなると思いますけど。すみません」

のっけから口車くんがあやまると、お母さんは、

「いいえ」

といいながら笑っていた。

クルーズというから、ずーんと水面を走っていくのかと思ったら、ちょっとだけ沖に出て、ただ停泊しているだけ。私はこういうパターンの船がいちばん苦手なのである。走っている分には平気なのだが、ちんたらちんたら波の上下運動に合わせて船に乗っているというのが、だめなのだ。

「もしかしたら、酔うかも」

とあぶない気持ちになったので、薬をもらう。でも料理は全部食べた。私たちのテーブルの担当のジェイソンくんは、久保田利伸によく似た青年で、てきぱきと明るく応対してくれる。ふと外を見ると、いっこうに景色は動かず、ただ上下するだけである。

「これって、クルーズじゃないよね」

といいながら、ただひたすら料理を食べる。赤門くん、ジェイソンを気に入ったらしく、

「僕、きみの虜《とりこ》になっちゃった」

というと、ジェイソンくんは顔色を変えて、逃げていってしまった。私たちがげらげらと笑うと、冗談だとわかったのか、そろりそろりとまた近付いてきた。同じテーブルの親子は、とても無口で会話がない。母親は、

「何にするの、紅茶、コーラ？　あなたはコーヒーはだめでしょう」

などというと、子供たちはこっくりとうなずくだけ。楽しくないふうでもないのだが、とにかく会話がないのである。その分、私たちは会話ばかりで盛り上がる。

「うるさくて、すみませんねえ」

というと相変わらず母親は、

「いいえ」

といって笑うばかりである。私とツルタさんで、

「きっとお父さんは一生懸命に働いていて、本当は家族四人で来たかったんだろうけど、『おれは行けないけど、お前たちだけで行ってくればいいじゃないか』なんていわれたんですよ」

「その間、お父さん、ちゃっかりと遊んでたりしてね」

「ありえますねえ、それはありえます」

などとふとどきなことを話していた。

生バンドによる演奏は盛り上がり、どこにひそんでいたのか、大勢のハワイアンダンサーズが登場。そこいらへんでぶりぶりと踊り出した。

「やっぱり我々には、こういうほうが似合ってましたねえ。しっとりとジャズボーカルを聞かされても、やっぱり合わんですわ」

穴くんはうなずいている。お客さんも舞台に上げて、ダンスの真っ最中。そのうちバンドが、これをやるのがサービスだと思っているのか、炭坑節を演奏しはじめた。別に炭坑節に罪はないが、ハワイに来てなぜ炭坑節を聞かされなくちゃならないのか、理解に苦しむ。そのうえ盆踊りまで踊らせようとする。やめてくれえという感じである。

ふと気がつくと景色が変わっていて、船が動いている。港に向かって走っているらしい。ところが港に到着したものの、延々と音楽は続き、一部のお客さんは踊らされ続けている。私たちはデッキに出て、ぼーっと外を眺めていた。

「早く降りたい」

時間調整のために、そこで三十分以上、延々と繰り返される音楽を聞かされたり、踊らされたりした。

やっと地べたに降ろされ、またバスに乗せられて、集合場所のホテルに戻る。

「どうしましょうか」

そういいながら、一同の足は街の中心部へと向かう。おいしいタイ料理のレストランを教えて下さった阿川弘之さんと、今回の旅行のために手をわずらわせてしまった新潮社の役員のおみやげのネクタイを買うために、エルメスに行く。みんなと相談しながら、失礼ながら私が柄を選ばせていただいた。

「ちょっとこのへんも行ってみませんか」

路地に沿って小さな店がたくさん並んでいる。どういうわけだか、その店番をしているチャイニーズのお姉さんたちが、化粧気もないのに、みなとってもきれいなのだ。

「やはり白人は、若いころはきれいだけど、年を取ると悲惨なものがありますねえ。東洋人は肌がきれいですね」

ラクダのメスではないのに、口車くんはちょっと興味を持ったらしい。穴、赤門両名も、何だかうれしそうである。ここではろうそく、マグネットが一押し商品であるらしい。男性陣は彼女たちの笑顔に負けて、Tシャツを買っていた。

私、ツルタさん、穴くんはホテルに戻る。穴くんは疲れのためか、そのままベッドに倒れ込んで爆睡したという。一方、口車、赤門の二人はあやしげなグッズを売る店を探検。赤門くんは社内でも脚フェチとして有名な先輩編集者に、そこで網タイツのおみやげを買う。他に何を買ったかというのは、私共の調査ではわからない部分が多く、この夜の二人の行動は、闇《やみ》に包まれているのである。

×日

いつもそうであるが、あっという間に帰る日になってしまった。チェックアウト後、ホテルで朝食。ワールドカップに出られるか否《いな》か、そろそろわかっているのではないかと、口車くんと赤門くんと話す。口車くんはイラン戦のビデオをセットしてきたらしい。ツルタさんの彼情報によると、

「同点までいった」

といういうことだけはわかった。

「ううむ、気を持たせるなあ」

サッカーの結果が気になりながら、そのまま空港へ向かう。また空港にはてんこ盛りの修学旅行生。赤門くんは愛するワンレンベティちゃんのTシャツを着用である。売店を見ながら、おみやげ用の目元ジェルなどを買い、飛行機に乗る。機内のアナウンスで、日本がワールドカップの出場権を得たことを知る。私は熱烈なファンではないが、あれだけみんなが大騒ぎしているのだから、まあ、よかった、よかったという気持ちである。

この旅行について手をわずらわせてしまった役員の息子さんが、偶然、パーサーで乗り合わせているということで、わざわざご挨拶《あいさつ》に来て下さった。とても感じのいい青年で、ツルタさんは、

「彼のような人が、会社に入ってきてくれたらいいのに」

とため息をついていた。息子さんはつい先日、ハレクラニホテルで結婚式をあげたばかりである。これまでフランス、香港などを飛び、最近はハワイ便が多くなったといっていた。時差の関係で、昨晩はほとんど寝ていないそうである。パーサーという仕事も大変だ。

乗って二時間ほどして、エコノミー席に座っていた穴くんが、のそーっと姿を現す。

「席の前になんだかわからないけど、妙なものがあって、それをよけて座ってるんです」

と訴える。するとツルタさんは、

「あーそー」

と聞き流し、

「うるさいから、あっちに行って」

と追い払った。しかし穴くんはすがるような目をしている。どうしたのかと聞いたらば、今回、社員でビジネス席に座れるのはツルタさんだけなので、事前に、

「交代で座るようにする」

と彼女がいったらしい。それを信じて穴くんは、

「代わってほしいなあ」

とやってきたというわけなのである。

「人のいうことを、信じるほうが悪いんですよ。誰が代わるもんですか」

ツルタさんはそういって、けけけと笑った。

飛行機の揺れがひどい。しかし私は香港から帰るときに、

「もう、だめだ」

と救命胴衣《どうい》の場所を確認したほどの揺れに遭遇しているので、このくらいの揺れは屁《へ》でもない。揺れに揺れ続けたものの、無事、飛行機は成田に到着した。

口車くんの話だと、修学旅行生の男の子が、飛行機に酔ったらしく、トイレに入ったままずっと出てこなかったという。

「だからトイレは、ずっとふさがったままでした」

乗り物のなかで、私は飛行機がいちばん酔わないような気がするが、きっと緊張したのだろう。

「息子さんがご挨拶に見えて、驚きました」

赤門くんの言葉に男性陣はうなずいている。

「恐縮して、『いつもお父様にはお世話になっております』と起立して最敬礼をした」という。

「どうせ、お前はでかい態度をとったんだろう」

穴くんにそういわれたツルタさんは、

「うーん、立ち上がって頭は下げなかったけどな」

といい、呆《あき》れられていた。

家に戻ったのは夕方だった。夜、テレビをつけると、見逃したワールドカップの出場決定場面を、これでもかこれでもかと放送していた。ハワイはとってもいいところだった。ガイドに関しては問題があったものの、みんなが何回も行きたがるのがわかる。あの青い空と青い海は捨てがたいものがある。年をとったらハワイで暮らすのも、いいなあと思ったりした。馬鹿《ばか》にしていたハワイであるが、私のなかでは行く前と行った後では印象が逆転し、

「誤解していた私が悪かった」

と大いに反省したのである。

×日

朝、起きてみて、時差ボケが一切ないので我ながら驚く。人によっては一週間くらい、頭痛が治らなかったりするそうである。物を書くことより何より、もしかしたらどこへ行っても時差ボケがないことが、私のいちばんの才能かもしれない。ある本には時差ボケは人間の自然な現象だと書いてあったから、私の体は少し変だということなのだろうか。とにかく時差ボケよりも、天然ボケのほうが勝ったと思うことにしておこう。

仕事場に行くと、ファクスが山のようにたまって床に落ちていて、びっくりする。それを拾い集めて整理しているうちに、やらねばならないことが続々と出てきて、頭が痛い。こっちのほうが時差ボケよりも辛《つら》い。とにかく返事をしなければならないものは返事をしたのだが、それだけでもひと苦労。私が旅行に行っていることを知らず、早急な仕事を依頼してきた人は、毎日、二度も三度もファクスを送ってきて、

「返事はまだか、返事はまだか」

と催促している。きっと先方は無視していると思っているだろう。私は単発や急ぎの仕

事などはほとんど引き受けないのだが、もちろん知らない人は、連絡はとれないし、あせりまくっているに違いない。やっとファクスの山が処理できたと思ったら、今度は、次々にかかってくる仕事関係の電話。結局、雑務に追われて原稿を一枚も書けなかった。

ハワイで買ってきたトッカのスカートを穿《は》いてみたら、とんでもなくぶかぶかでがっくり。

「そうか、もっと小さいサイズでよかったのか」

と思いつつ、サイズ直しの箱の中にいれておく。友だちから未使用のミシンをもらったので、自分で丈を直すために、丈が長いスカートやパンツを箱に入れているのである。ふだん、家で穿くチノパンツは、海外通販でまとめて買っている。サイズがものすごく豊富にあるので、選ぶのも楽だ。パンツの無料裾《すそ》上げサービスもあるのだが、股下《またした》の長さに制限があり、私の股下はメーカーの指定よりもはるかに短いので、サービスの扱いが受けられない。だから自分で直すことになるのである。仕事が忙しくなると、ミシンを踏んだり編み物をしたりしたくなるのはなぜだろうか。

エジプトでテロがあった。日本人の観光客も多数巻き込まれたという。ほとんどが新婚旅行の若夫婦だということで、あまりに運が悪く、お気の毒としかいいようがない。私もエジプトには興味があったが、こういうことがあると二の足をふんでしまう。なんで世の中には人の命を奪って、喜ぶ人間がいるのか理解できない。サッカーのワールドカップ予選のイラン戦、相変わらず何度も放送している。よくもまあ、ボールがこぼれたところに岡野がいたものだと感心する。

×日

エンジンをかけて一日仕事。

×日

来年一月からはじまる、N新聞のコラムの連載について打ち合わせをする。K社から打診された仕事で、連載後、N新聞で単行本にし、K社から文庫にするという話だ。雑誌の連載はともかく、私は新聞の連載は好きではない。明らかに雑誌とは違う媒体だからである。新聞はテレビの次に私が嫌いな媒体なのだ。かつてテレビ局や編集プロダクションか

ら電話がかかってきたとき、

「こんなに失礼な奴《やつ》らが世の中にいるのか」

とびっくりした覚えがある。ろくに電話もできないのに、こんな奴らにきちんとした仕事ができるわけがないと、私は本のドラマ化、映画化などの話はみんな断ってきた。新聞にたずさわっている人も、テレビ関係ほどではないが、感じが悪い人が多い。どこか勘違いしている人が、たくさんいるのである。新聞は特におやじ業界だからかもしれないが、とにかく傲慢《ごうまん》で図々《ずうずう》しい。そこで働いている女の人も、だんだんおやじ化してきて、傲慢で図々しくなっていく人が多い。普通の神経の人がとても少ないのである。

以前、新聞連載をしていて、とても嫌な思いをしたので、私はN新聞の人に、

「新聞は雑誌と違って、すぐ抗議してくる人もいるし、言葉のチェックも厳しいので、とてもやりにくいのです。そこでいつもトラブルが起きる。そのときの担当者は、はじまるときは『好きなことを書いて下さい。今までの新聞に載っているあたり障《さわ》りのないエッセイとは違うものにしたいので』というのではじめたら、案の定、わけのわからないおばさんから抗議がきた。すると担当者は前言をひるがえし、『こんな内容では困る』といいはじめたわけです。私は約束が違うといって、彼のいうことを無視して原稿を送り続けていたら、『こんなんじゃないのっていっただろう』と怒られました。それでも私は無視し続け、原稿だけを機械的に送り続け、それ以来、彼とは会っていません。むこうもそうでし

ようけど、私にしてもとても不愉快な経験だったんです」

と話をすると、原稿を依頼してきた彼は、

「たしかに新聞は言葉に対するチェックもうるさくて、雑誌と比べると違うなという感じはしますね。でもそのようなことがないように、こちらのほうは気をつけるようにしますから」

というので、引き受けることにした。N新聞のいうことを信じる他はない。

そのあと書店に行って、雑誌、単行本、語学の本などを買う。ハワイに行ってますます英語の必要性を感じたので、勉強をし直すつもりである。しかしこういうことを何年もの間、繰り返しているような気がする。そして語学力は全く向上していない。

×日

着物の撮影。この日のために海に入れなかったのだ。晴れていたら公園でという話だったのだが、あやしい雲行きなので、飯田橋のホテルでということになる。時間に合わせて着物を着る。だいたい依頼してきた人が、着物に詳しくないので、何を着たらいいのかよくわからない。「お年賀に行く格好で」といわれたので、ちょっと困る。私は紬《つむぎ》が好きなので、持っている柔らかい着物の数はとても少ない。私がお年賀に行くことを想像し、訪問着は着ないだろうし、紬もちょっとくだけすぎるだろうし、小紋に綴《つづれ》の名古屋帯が適当なところかと思って、それに決める。ホテル内の日本料理店で撮影。何が何やらわからず、右を向いたり、左を向いたり、立ったり座ったりしているうちに、終わる。家に帰ったら、ベランダづたいに遊びに来た隣の猫が、着物を着た私を不思議そうに眺めていた。

×日

山一證券が自主廃業を決めたという。私は経済問題やら、金融関係のことには全くうとく、事情はわからないが、四十代、五十代の社員の人はどうするのだろうか。子供の学費もかかり、家のローンだってあるだろうに、大変なことだ。といっても私だっていつなんどき、失業しないとも限らない。そう思うと、ローンを抱えてしまった我が身をうらむばかりである。何度思い出しても腹が立つ。

×日

午前中、雑誌に紹介してあった、沢村貞子さんの着物展に行く。私は沢村さんの着物の着方が大好きだった。もちろん、年齢的なものもあるし、似合う似合わないもあるのだが、着物は沢村さんの皮膚のようになっていて、

「ああいうふうに着られるようになりたい」

と思って見ていたものだった。

住所を見て、地図でおおよその見当をつけていったが、案の定、近くで迷ってしまう。面影橋の駅のそばのはずだったのだが、住居表示を眺めながらうろうろと歩き回り、赤ちゃんを連れた若いお母さんに、

「たしか、あそこだと思います」

とていねいに教えていただいた。その通りに歩いていったら、めでたく行き着いた。道路の手前ばかり歩いていたが、実は道路の向こう側にその建物はあったのである。天然ボケが直っていない証拠である。

マンションの一室で着物を展示していたが、出版社がからんでいるのではなく、沢村さんの着物を作っていた呉服店が主催しているようであった。結構、人が入っている。着物を着た六十すぎと思われるおばさんが、私の後から入ってきたのだが、展示されている着物を見て、大声で、

「あーあ、あんな素敵な着物が飾ってあるんだったら、着替えてくればよかったわ。着替えてくればよかったわ」

と何度も何度も繰り返す。最初はうるさいなと思ったのだが、振り返って、

「そんなことないですよ。よくお似合いですよ」

といったら、

「あら、そう？」

とにっこり笑って黙った。女の人はいくつになっても、誉《ほ》められたいのだ。

展示してある着物は派手な物はなく、どれも控えめであっさりしている。しかしよく見ると、帯などは凝っている。特に結城の縞《しま》の着物が素敵だった。私は沢村さんにはお会いしたことはないが、控えめで質素でそれでいてどこか厳しく、頑固だったのではないか。着物を見てそういう感じがした。

午後一時に銀座で打ち合わせがあるので、資生堂パーラーに行く。昼食を食べながら、B社のN嬢と書き下ろしについて相談する。チキンライスとクロケットを食べる。何年ぶ

りだろうか。資料を受け取り、おまけに早めの誕生日プレゼントまでいただいてしまった。

その後、デパートでふだん用の洗える半襟、くちびるがあまりに乾燥するのでリップグロス、それとマネークリップを買う。マネークリップは、ハワイに行ったときの若者二人が、チップなどを払うときに、いちいち財布を出して払っていたのを思いだして、プレゼントしようと思ったのである。彼らにはスマートな大人の男道を学んでもらいたいものである。

久しぶりに銀座に来たので、めずらしくてあちらこちらを歩きまわる。洋書なども何冊か買ってしまったので、荷物が多くなり、タクシーで帰る。本来ならばタクシーはほとんど使わないのだが、今日はちょっとヒールのある靴を履いていたので、足が痛くなってきて歩くのがしんどくなった。きゃしゃな靴ではないが、ちょっとヒールがあるのを履くとこのざまである。やはりこの足形には草履か下駄がベストらしい。途中、ひどい渋滞にまきこまれ、運転手さんが恐縮し続けていて、こっちが恐縮してしまった。結局、一時間半かかってしまった。仕事場に立ち寄ってファクスのチェック。連絡するべきところにはして、原稿は書かずに家に帰る。

×日

雨模様である。夕方になるにしたがって、風が吹き、雨もひどくなるらしい。午後二時から上演の「黄落」という芝居を観《み》に、サンシャイン劇場へ行く。

このお芝居のパンフレットに、対談をということで、佐江衆一氏の原作を脚色した北林谷榮さんに声をかけていただき、先々月、はじめてお目にかかった。もちろん私は子供のときから存じ上げている。今から十数年前、山本夏彦さんのパーティに呼んでいただいたとき、北林さんをお見かけした。そのとき、

「何てかっこいいんだろう」

と思ったのだ。私が子供のときから、北林さんはおばあさん役をなさっていた。いつも腰がまがっている、典型的な日本のおばあさんだった。ところが御本人はとっても姿勢がよく、それよりも何よりも顔が光り輝いていてお美しいのであった。

対談のときは北林さんのお宅にお邪魔をしたが、とても雰囲気のある素敵なお住まいだった。家の中には本がいっぱいで、私はじろじろ見てはいけないと思いながら、どんな本

があるのだろうかと、気になって仕方がなかった。パーティでお見かけしてから年月もたっているのに、まるで北林さんの顔だけ年月がとまったみたいに肌がきれいで驚くばかりだ。

「前から御本を読ませていただいておりました」

とおっしゃったので、私はとても恐縮してしまい、

「ああ、あの、あの、それはとても光栄で……」

としどろもどろになってしまった。

対談はとても楽しく、あっという間に時間は過ぎてしまった。帰り、北林さんの行きつけの喫茶店でお茶をいただき、駅まで送って下さった。二人で手をつないで歩いたのだが、私は、

「そういえば祖母と手をつないで歩いたことはなかったなあ」

と思ったりした。私の祖母は北林さんよりも十歳年上であったが、二年前に亡《な》くなった。離れて住んでいたこともあるが、私は祖母が好きなわりには、関係が希薄だった。北林さんと古本の話などをして家に帰ってきたのだ。

「黄落」は母親の介護の話なのだが、私もおばあさんになるのは間違いないので、他人事ではない。子供がいてもいなくても、老人問題は難しいものだ。客席は年配の人々でいっぱいだった。劇場を出ると雨の降りがひどくなってきて、仕事場についたころには大嵐《おおあらし》に

なってきた。ファクスを見て連絡をする。

×日

朝、隣の猫、ビーちゃんが遊びにきた声で目が覚める。昨日とうって変わって天気がよくなったので、はりきっているらしい。ベランダの戸を開けると、

「うえー、うえー」

と鳴きながら、脚に頭をこすりつけてくる。そのあと、顔を見上げて責めるように鳴く。外で待たされたのが気に入らないようだ。

「はい、ごーめんなさいよ、ごーめんなさいよ」

とCMのアンディ・フグの真似《まね》をしてみたが、ビーにわかるわけがなく、ただ喉《のど》をごろごろ鳴らしてなつくだけである。

午前中、隣町の大きな書店に行って、英英辞典、棚を眺めて目についた本などを買った。作家ドロシー・パーカーの人生を映画化したというLDなどを注文し、晩御飯用の買い物をして仕事場に行く。その後、原稿二十五枚書く。

×日

注文しておいた大島と帯が出来上がってきた。やっぱりうれしい。お世話になっているデパートから、新築祝いにと素敵な色合いの川島織物の額をいただいてしまった。私には美しい菊の花を織りだした、唐織りの掛け袱紗《ふくさ》。四隅には金糸で創《つく》られたかわいい亀《かめ》ちゃんがついている。新築の家に引っ越すのには、方角が悪いといわれた母親は、節分が過ぎるのをじっと今の借家で待っている。来年、母親が引っ越しをしたら、実家に送ってやろう。

×日

「クレア」の連載でイラストを描いていただいている、阿部真由美さんの個展が青山であるので出かける。阿部さんのイラストは色合いが何ともきれいで透明感があり、暖かい感じがする。食に関する図柄が多い。以前には本の装画をしていただいたこともあるのだが、今回、はじめてお目にかかった。背がすらっとしていて、きれいな方である。家の中に物を置くのが嫌いで、家を訪れた編集者に、

「あの何もない阿部さんの家は、忘れられません」

といわれたことがあると笑っていた。食に関するイラストが多いので聞いてみたら、お酒は飲めないけれど、食べることは大好きで、今、韓国のおそうざい料理を習っているのだという。私も韓国に行ったとき、ただ辛いだけだと思っていたキムチや他の料理も、おいしいので驚いたと話す。

「ぜひ一度、韓国に行ってみたらどうですか。楽しいですよ」

と勧めてしまった。

そのあとB社に向かう。沢木耕太郎さんと対談。「旅」についてである。なかなか地下鉄が来なくて、遅刻をしてしまうのではないかと、ものすごくあせる。短い足を必死に動かして、二分遅刻で到着。沢木さんがまだ見えていないので、ひと安心する。エレベーターホールの前で、人民大移動が行われているので、何事かと思ったら、林真理子さんと編集者が移動するところであった。

「群さん、お久しぶりです」

と声をかけて下さる。林さんとも、北林さんをお見かけした、山本夏彦さんのパーティ以来である。

「今日は有名人によく会う日だわ」

と思う。

部屋まで走って移動中に、後ろから沢木さんと編集者が走っていらした。お互い、

「あー、よかったあ」

という。対談がはじまり、沢木さんも私も山のようにしゃべる。あっという間に時間が過ぎ、

「僕は早口だと思っていたけど、群さんは僕以上に早口だねえ」

と呆《あき》れられてしまった。テープ起こしが大変だ。そのあと、食事をして麻雀《マージャン》。沢木さんは麻雀がとっても強いのである。新潮文庫の書き下ろし旅行本にも登場するウッちゃんが、

「これを飲んでがんばって下さい」

と雀荘にビタミン剤を置いていってくれるが、あまりに粒が大きくて喉にひっかかって飲み込めない。仕方がないのでかみ砕いてしまった。

その夜は沢木さんと私がプラス。もちろん私はたまたま運がよかっただけである。プラスになったのは半年ぶりくらいか。もう負けることに慣れてしまって、

「あー、また負けちゃった」

とへらへらするのが常なので、たまにプラスになると、慣れないものだから呆然《ぼうぜん》としてしまった。私はこれまで、毎日ファミコン麻雀をやっていたのだが、ここのところはやめている。ゲームをやっているわりには、実戦の勝率がすこぶる悪いからである。

「これはもしかしたら、若い男の子がAVをおかずにして一人遊びにふけりすぎると、いざ実戦というときに役に立たないのと同じではないか」

と思ったからである。このままいくと、私にも勝機が巡ってくるかもしれない。ふと時計を見たら、朝の四時半。家に帰ったら朝の五時だった。

×日

私の四十三歳の誕生日。とほほほ。立派なおばさんである。今日の夜、「群ようこ生誕記念、麻雀大会」が開かれるのである。しかしそのファクスには、

「わたくしどもの、大切な大切な振り込みマシーン、群ようこさんがお誕生日を迎えられます」

と書いてあり、

「みんなでむしる前に、餌《えさ》をやってちょっと太らせておきましょう」

などとも書いてある。最近ではＭ資金などともいわれておる。ふとどきである。が、その通りであるのが悔しい。

約束の場所に行く前に、デパートに立ち寄り、バッグ売場の前を通ると、ふだんの紬の着物によさそうな、値段も九千円という手頃なバッグを発見。買ってしまう。歩いているうちに、帽子売場に迷い込む。このごろ、冬になるととても頭が寒いので、帽子が欲しいなと思っていたところだったので、普段にかぶるのを買ってしまう。来年払う税金もあぶないというのに、衝動買いをしていいんだろうか。まあ、何とかなると思うことにする。

麻雀大会の前の食事会の場所に向かう。紀尾井町ビルの中のイタリア料理店である。麻雀の安藤満プロ、作家の白川道氏、同じく鷺沢萠嬢、新潮社のツルタ嬢、Ｇ社のＩ氏、Ｙ氏などがやってきてくれる。安藤プロ、鷺沢さんは迷わなかったが、他の人々が紀尾井町ビルがわからず、すぐ近くで迷ってツルタ嬢の携帯が鳴り続ける。

「どいつもこいつも、紀尾井町ビルを知らんのか。田舎もんばっかりじゃ」

ツルタ怒る。無事、一同が揃《そろ》い、みなさんから素敵なプレゼントをいただいてしまい、恐縮する。うれしい。食事をしながら、Ｙ氏に、

「今日、役満を上がるんじゃないですか」

といわれる。

「まさか、そんなことあるわけないじゃない。だったらいいけどね」

と話をする。私はテンパイまでは三回あるが、まだ役満を上がったことがないのである。

ツルタ嬢の着ていたコートを見て、I氏が、

「そのコート、かわいいね」

といった。

「これ、ずいぶん前に、群さんからもらったの」

といった。それを聞いたY氏が、

「そうか、いわゆるツルタのタニマチ人生というやつだね」

といい、ツルタ嬢に殴られる。あとで雀荘に来る人もいるというので、大人卓と子供卓の二手に分かれる。安藤プロ、白川氏、鷺沢さん、鷺沢さんの担当のT氏は大人卓。私、ツルタ嬢、I氏、Y氏は子供卓である。といってもY氏は学生時代に麻雀で妻子を養っていたといわれるくらいの強者《つわもの》なので、本来は大人卓なのであるが、ツルタ嬢のたっての願いで、子供卓に参加してもらった。麻雀をやりながら酒を飲みはじめると、どんどんどろどろになっていく男性を私は何人も知っている。しかし彼はそうではない。ただ飲み過ぎると、脚のすねを掻《か》きはじめる、「ぼりぼり攻撃」。それが終わると、今度はげっぷをしまくる「げっぷ攻撃」がはじまるが、雀力は衰えることがない。

「Yちゃんは強いぞ」

事前に私は耳打ちしていたのだが、ツルタ嬢が、

「わかってますけど、一緒に打ってみたいんですよ」

といったのだ。ところがやはりYちゃん、大爆発。ばんばんリーチがかかり、

「あれえ」

という間にどんどん上がっていく。オープンリーチをしたうえに、ツモるのだ。

ふとI氏を見ると、頭がものすごく大きくなっている。

「何だ、それは」

というと、ツルタ嬢、Yちゃんもあまりの頭のでかさにびっくりする。

「どうしてそんなになるんだ。毒でもまわったんか」

ツルタ嬢が大笑いした。あまりにみんなにびっくりされたので、I氏は、必死に左手で頭をさすりながら、

「本当、どうしてかなあ」

と首をかしげている。

「頭っていうよりも、髪の毛が逆立っちゃってるんだよね」

というと、

「ええっ、どうしよう」

とうろたえている。

「変なの、変なの」

とみんなでからかっていると、彼は、

「じゃあ、これから僕のこと、もののけ王子って呼んで」

といってにっこり笑った。

「何がもののけ王子だ。ふん、お前から当たってやる」

ツルタ嬢が腕まくりをして、気合いをいれはじめた。するとどういうわけだか、I氏が連続で彼女に振り込むようになったのだ。

「ええっ、またあ」

頭がますますでかくなったもののけ王子は、うろたえている。

「ほれ、もののけ王子、とっとと点棒を払わんかい」

もののけ王子は泣いていた。それから彼の頭は二時間にわたってどんどん大きくなり、それから急に、しぼんでいった。途中、トイレに立って自分の頭を見たもののけ王子も、

「大きくなってた……」

と驚いていた。

半荘《ハンチャン》の三回目あたりで、私の手の内にどんどん暗刻《アンコー》が増えてきた。あれよあれよという間に、四暗刻《スーアンコー》テンパイ。ついリーチをかけてしまい、直後にひどく後悔する。待ちがウーピンとチーピンで、出るわけがないではないか。

（ああっ、なんという大馬鹿者《おおばか》だ。だからいつまでたっても下手くそなんだ）

と自分を責めて、ツモ切りを繰り返していたら、何巡か目にチーピンをツモってしまった。一瞬、あれっと首をかしげ、

「ツモ。四暗刻」

とぼそっといってしまう。役満を上がったら、もっと興奮するかと思ったが、ただただ呆然としてしまった。これで私の四十三歳の誕生日も華やいだというものだ。親だったもののけ王子はまた泣いていた。延々と麻雀は続き、帰ったら朝の八時であった。昨日といい、今日といい、連日、麻雀で朝帰りである。

×日

本日は、「またたび東方見聞録」の上海篇に登場していた、よわぞうくんの結婚披露パーティが午後一時半からある。ところが、おばちゃんは連日の朝帰りが続き、目が覚めたら何と午後三時であった。着席パーティではないからまだよかったものの、私の人生における汚点である。よわぞう夫妻には申し訳ない限りである。反省しつつ、罪ほろぼしのた

めにそれから仕事をする。

×日

四暗刻を思いだし、反芻《はんすう》して喜ぶ。

×日

鷺沢さんより、夕方電話がある。どうしたのかと思ったら、

「セーターを編んでいて、わからないところがあるの」

という。

「彼のか、いいねえ」

といったら、

「違うの。自分のなの」

という。話を聞いているうちに、私も久しぶりに編み物をしたくなってしまった。

×日

髪の毛を切りに行く。はじめての店で、かわいい女の子が切ってくれた。まああという感じで、もう一回、カットしてみないと、いいかどうかはわからない。鷺沢さんの電話に触発されて、カットした帰りに毛糸店に行って、毛糸を買ってきた。若草色の細目の糸と同色のファンシーヤーン。それと紺色の毛糸とそれにひき揃えるモヘアの糸。書店で編み物の本を探してみたが、これと思うものがない。編み物は低迷しているのだろうか。家に帰って押入から編み物用具を引っぱり出して、ゲージを取るつもりで試し編みをしてみる。編み物が下手になっていたので、愕然《がくぜん》とする。昔は編み目もぴちっと揃っていたのに。ブランクが長いとこうも違うものなのだろうか。

古書店の目録が送られてきたので、チェックする。最近では古書店で本を探すほうが多い。資料が必要な仕事が多くなってきたので、目についたときに買っておくことにしている。編集者のなかには資料探しが苦手な人もいるようだから、私のほうである程度、持っていなければならない。資料というのはカンが必要だ。この人とこの人が親しかったはずだから、この人の著作の中にあるのでは、という推理も必要だ。そういうことまで編集者をあてにしていいのやら、いけないのやら、私には判断しかねる部分がある。とにかく人はあてにしないで、自分で見つければ確実だという方針で、しこしこと古本を集めているわけなのだ。

×日

午前中、近所の古書店をまわり、午後からは原稿を書く。N新聞の第一回目の原稿を送る。阿部真由美さんが、きれいなチョコレートの本を送って下さった。見ているうちに食べたくなってきてしまった。

×日

着物と帯が出来上がってくる。自分の誕生日のためという理由をつけて買ったのである。単行本が出たからそのごほうび。文庫本が出たからそのごほうび。しかし仕事量よりも、ごほうびのほうが上回っている。恐ろしいことである。イラストレーターの平野恵理子さんより、きれいな本が二冊届く。本当に絵が描ける人がうらやましい。

母親が新築した家に掛ける掛け軸が欲しいというので、店の人が母親に何本かみせたらしい。

「床の間に掛け軸がないとおさまらないのよ」

床の間の大きさを聞いたら、一間あるという。私はてっきり、半間だと思っていたので、

「それじゃあ、掛け軸がないとだめよね」

とため息をついた。春夏秋冬、これから掛け軸に悩まされそうである。母親の父親、私にとっては祖父であるが、彼が掛け軸コレクターで、ものすごい数を持っていたという。着物、宝飾、そのうえ最近では掛け軸、骨董《こっとう》に食指を動かしている。くわばらくわばら。

×日

母親より連絡があり、掛け軸を決めたという。何を買ったのかと聞いたらば、

「武者小路実篤の書と絵が描いてあるの」

という。

「かぼちゃか？」

と聞いたら、かぼちゃじゃないというので、ちょっと安心する。別に武者小路実篤が悪いわけではないが、私としては、よりによって選ばなくてもという気持ちである。

「どうしてそれに決めたの」

とたずねたら、

「武者小路実篤だったら、みんな知ってるから」

という。とほほほ。そりゃあ、横山大観などの掛け軸が買えるのだったらばまだしも、私は中途半端《はんぱ》に名前があるより、無名でも感覚が合った人の掛け軸をかけたほうが、いいのではないかと思うのであるが、どうも彼女の気持ちは違うらしい。

「そういう選び方もあったのか」

と妙に感心する。でもお金を払うのは私なので、複雑な気分である。

×日

「あと六本。六十枚書けば、連載分の今年の仕事は終わりだあ」

と、自分を鼓舞して仕事をしようとしてもはかどらず。鷺沢さんより電話。セーターを今年中に編み上げるといってはりきっている。私のほうは、この間買った毛糸でゲージをとったまま、おいてある。危険だ。このパターンで押入のこやしになった毛糸がこれまでどれだけあったことか。買ったらすぐ編むのが鉄則である。何とかしなければ。

夜、ソファに座って本を読むものだから、シートの両側が本でてんこ盛りになっている。単行本、雑誌が山になっているので、処分する物と取っておく物をよりわける。

「どうしてさっさと処分しなかったんだ」

と自分自身に怒る。雑誌はあっという間にたまり、まとまるととても重い。

「これがなくてはならない」

という雑誌があるわけでもないし、よっぽど欲しくない限り、雑誌を買うのをしばらくやめることにする。

×日

N新聞よりゲラが送られてきたが、四百字二枚半の原稿に二か所、チェックが入っている。内容はフリーマーケットにやってきた、礼儀知らずのおばさんや、値切りたおすケチな老夫婦の話である。ひとつは文中にある「おばさん」という言葉。理由は不愉快になる人がいるから。そしてもうひとつは「ドケチな老夫婦を追い払った」という表現。いいかたがきついので直せということである。そしてもうひとつ。正月のテーマにふさわしくないので、これを次回にまわして、初回は正月にふさわしい内容の物を書いて欲しいということであった。

「ほーらみろ、やっぱりこうなったじゃないか」

と怒る。実は担当者の若い男性は、事情がわかっていて、間にはさまって困っているのである。

「最初からこれでは、二年間、とても私は続ける自信がないので、今のうちにやめさせて欲しい」

という。話し合いの結果、初回の原稿を早急に書き、今回、渡した原稿を手直ししないでそのまま戻すことにした。嫌な予感がする。

×日

S社の女性編集者三人と、会食。ふぐを食べる。少し風邪気味だが、ふぐを食べれば治るかもしれない。

×日

やや鼻つまり。K社の編集者と会食。N新聞でのことを話し、

「もしかしたら途中でやめるかもしれません」

といっておく。編集者も、

「向こうからぜひにといってきたのに、失礼だ」

と怒っていた。そのあと麻雀《マージャン》。Y氏がひとり勝ちで、私を含めてあとの三人がマイナスになってしまった。

「どうしてこんなことになるんだあ」

とS氏が叫ぶと、Y氏が冷ややかに、

「お前が下手だからに決まってるだろう」

とつぶやいた。麻雀のときは多少、風邪気味だということなど、ころっと忘れてしまうのは不思議である。だいたい五巡目くらいでリーチをかけられ、ツモられて裏ドラまでのられるのを連荘《レンチャン》されたら、二万五千点なんかすぐなくなってしまう。私は負けているときはいつも、

「どうして麻雀って、最初、二万五千点しかないのかな。五万点くらいあったらいいのに」

と思う。

×日

サンデー毎日編集部のY氏、担当者Mさんと、イラストを描いて下さっている、メグホソキさんとウェスティンホテル内の中華料理店で会食。ガーデンプレイスのクリスマスツリーのイルミネーションがすごい。三脚持参でカップルが記念撮影をしていた。そこまでする必要があるのか? ホテル内にもツリーの飾り付けがしてあるが、いかにもアメリカ風という感じである。スーパーのビニール袋をぶら下げたお母さんと、ランドセルを背負った子供がホテルに入ってきて、

「ツリーだ、ツリーだ」

とはしゃいでいた。

私はメグホソキさんというと、金髪の女の子のイラストのイメージが強かったのだが、サンデー毎日では、ちょっと違う感じの線が太い素敵なイラストを毎回描いていただいている。シャープのCMの、

「目の付けどころが、シャープでしょ。」

のまばたきする目も、メグさんのイラストだと知って驚く。

×日

風邪で具合が悪い、今日は一日中、寝ていることにする。考えてみたら、このひと月くらい、まる一日、休みだった日はなかった。こんこんと眠り続ける。午後、目がさめて枕《まくら》元《もと》のラジオをつけていると、音楽番組のゲストに大瀧詠一が出ていた。私はかつてある雑誌の企画で、清水ミチコ先生のご指導のもとに、顔まねをやり、

「長髪のかつらをかぶったら山下達郎。短くしたら大瀧詠一に似る」

といわれた。私はナイアガラ系の顔立ちなので、親近感があるのである。若い頃はよく彼のレコードを聴いたものだった。なんでも「ラブ ジェネレーション」の主題歌を彼が歌っているそうである。私はドラマは全くといっていいほど見ないので知らなかったが、どうりでこの間、HMVに行ったときに、大瀧詠一のCDが大々的に置いてあったわけだ。

「なるほどね」

といいながら、寝ている。食べるよりもただひたすら寝ていた。

×日

朝、うとうとしていると、ラジオから伊丹十三氏が自殺したというニュースが流れている。夢なのかなあ、本当なのかなあと思っていたが、本当らしい。ああいう人でも自殺するんだなと不思議に思う。ものすごくお腹《なか》が空《す》いている。昨日一日、何も食べなかったから当たり前である。じーっと天井を見ていると、頭の中に「うなぎ」という文字が浮かんできた。

「ああ、食べたい……うなぎ……」

うなぎ、うなぎとつぶやきながら、ふとパック入りのうなぎが冷蔵庫にあるのではないかと思いだし、がばっと起きる。あった。賞味期限は二日過ぎていたが、そんなことはおかまいなく、御飯を炊《た》き、お湯をわかして真空パックのうなぎを温めた。

「うまいっ」

満足する。八割がた戻った体調で、朝っぱらからうなぎを食べた。いちおうまたベッドに横になるが、退屈で仕方がない。でもまあ、今日はじっと我慢して、明日からはまた仕事だと思いつつ寝ている。

×日

全く体調に問題なし。といっても風邪のウイルスは治ったと思っても、体内にひそんでいるそうだから、無理はしないほうがいいらしい。今週は原稿の最終の締め切りが二本ある。本当は三本のはずなのだが、編集者から連絡がないので、ぱっくれているのである。いったいどうなっているのだろうか。

×日

N新聞からゲラが来る。また言葉のチェックが何か所か入っているので、うんざり。
「今だったら私の原稿が載る前に、次の人が見つけられるから、やめさせて欲しい」

と担当者にいう。彼は、

「自分一人では決められないので」

と打ち合わせに来た上司に連絡をとるという。折り返し上司から連絡がある。一時間以上話しても、向こうからは具体的な打開策は出ない。ただただ、

「話し合いで、よりよい欄に」

ということしかいわない。

「新聞社の人間は原稿を直されることに抵抗がないので、その習慣で平気でチェックをいれる場合はあるかもしれない。小説だとまだチェックがゆるいらしいんですが」

などとわけのわからないこともいい出す。

「私には書いてもらいたいが、こちらのいうことは聞いて欲しいということですね。私は納得できない直しはしませんよ。この次、こういうことがあったら、絶対にやめますから」

といい、何を話し合ったのやら、よくわからないまま電話を切る。

そのあと、休日だというのに、原稿を書く。夜、友だちの家でカニをごちそうになる。お互いの仕事のこと、うわさ話をし、

「あー、もう仕事は飽きた」

といいつつ、何歳になったらリタイアするかを話しながら、深夜二時に帰る。

×日

NHKで来年のB社の書き下ろしの資料について、話をうかがう。私がいつも麻雀をしてもらっている方のお兄さまが、いろいろと相手をして下さった。午後二時すぎに終わり、編集者のN嬢と渋谷でお茶を飲む。NHK付近はそんなに人出は多くなかったが、アニエスベーは大盛況だった。だんだん駅に近付いていくうちに、ぺったりとへばりついたカップルが多くなる。そういえば去年のクリスマスイブも、私は仕事で渋谷にいて、そのあと彼氏、彼女がいない淋《さび》しい四人組で麻雀をしたのだった。まあ男性とつき合っているときも、クリスマスイブを二人で過ごしたことはないので、同じといえば同じことなのだが。

書店に寄り、十冊の本を買ったはいいが、帰りにあまりに重くて弱る。私の人生はこんなもんであろう。

×日

今年最後の原稿を送る。結局、私がばっくれた仕事の編集者からは連絡が全くない。どういうことなのだろうか。連載のはずだったのに。突然、切られたか。それとも会社がつぶれたか。

×日

来年のしょっぱなの原稿締め切りのために、原稿を書く。

×日

母親が有名料亭のおせちが食べたいというので、注文して新築した家に届けてもらうように手配する。これで十何万がぶっとぶのである。正月は方角が悪いといわれながらも、そこで迎えるそうである。

「お姉ちゃんは来ないの」

といわれたが、

「仕事で忙しいから行けない」

と返事をする。

×日

世の中が仕事納めなので、私も今日からは仕事を休みにする。家の中を必死に掃除するが、なかなかきれいにならない。ひとり暮らしには十分すぎる広さなので、やらなければならない場所が多すぎるのだ。掃除をしていると隣の猫がやってきて、珍しそうに見て、一緒に手を出す。

「あっちに行ってなさい」

と怒っても、ごろごろと喉《のど》を鳴らしながら、まとわりついてくる。そして掃除など面倒くさくなって、ソファに座り、猫を膝《ひざ》の上に乗せて、ぼーっとすることになる。これでは掃除がはかどらないのも当たり前である。

友だちの家に行ったら、家の中が光り輝いているので、

「どうしたの」

と聞いたら、クリーニングサービスを頼んだという。彼女も仕事が忙しいので、掃除ができないのである。お風呂場もトイレも、

「こんなにきれいになるの」

というくらいきれいになっている。ただし、強い薬品を使っているのか、目がしょぼしょぼする。

「人にしてもらうのって、思ったより悪くはないわよ」

といわれたが、私はあの洗剤の強さにちょっとびびった。私は中性洗剤などは使わないで、石鹼《せっけん》をお湯に溶かしたり、石鹼クレンザーを取り寄せて使っている。そうしないと手がぼろぼろになってしまうのである。まあ、こまめに掃除をするのが大事なのだろうが。

×日

また掃除の続き。全部やり終わらないうちに飽きてきたので、あとは年明けにすることにする。すぐ飽きるのが私の悪いくせである。ちょっと見はきれいになっているのだが、リビングに積んであった本を本置き場にしている部屋に移動しただけである。その本置き場というのが、そこいらじゅうに本が積み重ねてあって、とんでもない状態になっている。本を探すときも記憶をたどり、

「たしかこの山の下のほうにあったはずだ」

というような探し方である。なかにはどうしても見つからずに、持っているのはわかっていても、買ってしまう本もある。ここも何とかせねばならない。年末年始の買い出しに行く。

×日

大晦日《おおみそか》は編み物をしながら、ぼーっとテレビを見て過ごす。隣の猫がやってきて毛糸を見ると目を輝かせて手を出すので、中断せざるをえない。何となくだらだらと過ごし、眠たくなったので寝る。

×日

正月も特に何もなく、テレビを見、編み物をし、猫と遊んで過ごす。なんとかセーター一枚出来上がる。

×日

仕事はじめ。原稿を書きはじめるけれど、調子が乗らない。ふと目にとまった東京12チャンネルに、ものすごい女の人が出ているのでびっくりする。番組の司会者らしいのだが、化粧は濃いし、正月だから張り切っちゃったのか、ぎんぎらの舞台衣装みたいな着物で登場している。過去に業績があり、誰も文句がいえないのかもしれない。

×日

連日原稿書き。B社のK氏より、設楽氏が亡《な》くなったという電話をもらって驚く。まだ五十代のはじめだったはずだ。設楽さんには、私は大変お世話になった。三十歳になるかならないかのころ、まだ物書きとして海のものとも山のものともわからない私に、まとまったページを与えて下さり、

「面白かったね」

と電話をかけて励まして下さった方である。今の私を作って下さった恩人のうちのお一人なのだ。山に登り、海にもぐり、いかにも健康のかたまりといった方だったのだが。弟さんが陶芸をなさっているとかで、私のところに展示会のご案内をいただいたこともあった。逗子《ずし》でお別れの会があるというので、参加させていただくことにする。そういわれても実感がなかなかわかなかった。亡くなったのは言葉の意味としては理解したが、現実のこととして受け止められない。

世の中はまた通常のシステムに戻り、正月気分はふきとんだようである。

×日

大雪が降る。都内では亡くなったり、転んで骨を折った人もいたという。東京は雪に弱

いといいはじめて、もう何年になるんだろうか。毎年同じことばっかり繰り返して、何とかならんのか。私はまだ通勤がないからいいけれど、会社員の人は大変だ。外に出てみたら、誰が作ったのか、道路わきに大きなドラえもんが二体。ドラミちゃんまでその横に立っていたので、笑ってしまった。御近所の飼い犬も、ハスキー犬以外は当惑気味に歩いていた。

×日

設楽さんのお別れの会に行くため、逗子に行く。事前に地図を調べてものすごく遠いような気がしたが、行ってみると意外に近かった。まだ道路には雪が残っている。私はまだお寺の中に入っても、設楽さんが亡くなったとは思えなかった。献花をしたとき、写真と骨箱を見て、はじめて、

「ああ、亡くなられたのだな」

と認識した。何ともいえない気持ちになった。ウッちゃんとばったり会い、途中まで一緒に帰る。彼も編集者なので、N新聞について話すと、

「そんなの、聞いたこともない。いくら新聞だからって、ひどすぎるんじゃないですか」

といわれた。帰ってきてから仕事。

×日

先月、私がばっくれた雑誌の担当者から、今月の締め切り日について、連絡があったので、

「いったい、先月はどうなったの」

と聞く。

「毎月の連載だから、そのつもりだったのに何の連絡もないし。どういうことなの」

と怒る。彼女はあわててスケジュール帳を調べていたようだが、創刊したばかりの雑誌のため、スケジュール的にひと月間があいてしまうことを、連絡したと思いこんでいたというのであった。

「全く、困るわねえ」

でも原因がわかって、ちゃんとあやまったのならばそれで仕方がない。そのあと、彼女

の上司からも、

「申し訳ありませんでした」

と電話が入る。

夜、すきやきのお店で会食。その前に銀座に寄って、買い物をする。「嵩山堂《すうざん》はし本」で、ポチ袋、封筒、はがきなどを買う。デパートや店をのぞいて暇をつぶし、店に向かう。雪が降ってきた。作家の白川道氏、K社のY氏、T氏、Dさん、ツルタ嬢と、

「うまい、うまい」

といいながら、すきやきを食べる。ツルタ嬢からチョコレートをもらった。

Y氏が、

「今日は雪も降ってきたし、風邪気味だから、早く妻の元に帰りたい」

と訴えたのに、ツルタさんはそれを許さず、

「今日はあなたをやっつけます。私の敵はあんただあ」

と指をさして挑戦状を叩《たた》きつけた。

「ええっ、そんなことになってたの。群さん、知ってた?」

と聞かれたので、

「今日の会食が決まったときに、ツルタさんから、そのあとは麻雀《マージャン》ですからっていわれましたけど」

といいうと、

「そんな話になってたの」

と驚いていた。

「ふふふ、不意をくらって驚いたな。チャンスだ、チャンス」

「だめだよ、雪が降ってきたし……」

Y氏が雪見障子に目をやると、雪は残念ながらやんでいた。

やる気まんまんのツルタさんは、麻雀を知らない女性のDさんの前で、麻雀牌《パイ》の隠語の「犬チン」だの「開きマン」だの平気で連発し、私ははらはらした。しかしDさんは、

「まあ、いろいろないい方があるのねえ」

と微笑《ほほえ》みながら、おっとりと聞いていた。

Y氏は雀荘に拉致《らち》され、呆然《ほうぜん》としていた。

「よおし、お前から上がってやる」

ツルタさんは腕まくりをして、身を乗りだした。

「もう、本当に、僕、風邪気味なんだよ」

しぶしぶといった表情でY氏も相手をすることになった。しかし彼は、安藤プロが、

「あの方は強いですね」

といったくらいの強者《つわもの》なのだ。

いったんはじまったらば彼は手抜きはしない。椅子《いす》にあぐらをかいてネクタイをゆるめて、どっぷりと麻雀態勢に入っていった。残念ながらツルタさんの意気込みはからまわりに終わり、勝ったのはY氏だった。ツルタさんはとっても無口になり、別れ際《ぎわ》に、

「次は覚えていろ」

と憎たらしそうにつぶやいた。

「うん、よーく覚えておく」

Y氏にそういわれたツルタさんは、

「きーっ」

といいながら、手足をばたばたさせて暴れていた。

「くそー、どうして、どうして鼻をあかしてやれんのだ。くやしいったら、くやしいっ」

と何度も叫ぶので、

「そのくやしさが、麻雀を上手にさせるんだよ。私が上手にならないのは、くやしいと思わないからなんだな」

というと、

「私なんかずーっとくやしいって思い続けているのに、上手にならないもん」

と彼女は口をとがらせていた。ずーっとツルタさんの鼻息は荒かった。

×日

いつもは表通りではなくて、路地を歩くのだが、陽が当たりにくい場所の雪がところどころで凍っていて、路地歩きをしようとすると、足元がつるつるすべる。予定を変更して、表通りを歩くことにする。図書館で借りた雑誌に載っていた、帽子、セーター、ベストの編み方図をコピーし、

「次はこれを編もう」

と思う。この間出来上がったばかりの、モヘアと並太糸のひき揃《そろ》えのセーターを着ていたら、上半身がかゆくてたまらない。モヘアのけばけばがいけないようだ。このところまた皮膚にアレルギーが出るようになって、困っているところだ。モヘア糸は軽く編み上がるし、編み進むのも早いので好きな糸なのだが、かゆくなるとなったらこれからは使えない。原稿を二本書く。

×日

十三日ぶりの休み。一日遊ぶことにする。書店に行って本を物色し、帰りにデパートをのぞいて、ついつい着物売場のお年玉値段になっている名古屋帯を買ってしまう。みんな着物というと礼装などのあらたまった物のほうへ目がむくので、こういう場合、ふだんの着物のお買い得品は余っていることが多いのである。他のお客さんは礼装関係にたまっていたが、紬《つむぎ》関係の売場で物色しているのは私だけだった。

×日

G社のI氏、Oさんと打ち合わせ。I氏が玄米を食べたら便秘が治ったと聞いて、Oさんの目が輝く。うちに使わない圧力鍋《なべ》があるので、それをあげると約束する。

×日

連日原稿書き。来週、鳥取に取材に行くので、そのために原稿を仕上げておかなければならない。週に三、四本の締め切りがあるので、ゲラの手配、原稿書きなど、わけがわからなくなってくる。そんななかでトラブルがあると、もう頭が爆発しそうだ。

×日

ウッちゃんと、阿部真由美さんと恵比寿のしゃも屋で会食。店内は大にぎわいである。しゃものコースもとってもおいしい。阿部さんはとてもおっとりしているのに、はっきりと物をいうのがとてもおかしい。満足して帰る。

×日

取材旅行のため、土日も休みなし。フル回転で仕事。午後からでは間に合わないので、午前中から仕事をする。午前中はいつも隣の猫と遊ぶのだが、私が家を出てしまうので、うらめしそうにこちらを見ている。

×日

今日、二誌分、合わせて五十枚分の原稿を送らないといけない。どうなることやらと心配しながら書いていたが、何とか出来上がり、ほっとする。こまかいところはゲラで直すつもりである。フロッピーディスクで入稿のところもあるので送る。これで今月渡さなければならない原稿はすべてクリア。

×日

青山のイタリア料理店で新潮社の担当者、文庫部長と会食。もちろんツルタ嬢も、

「けっけっけ」

と高らかに笑いながら、参加である。私の担当のS氏が信じられない下らないミスをおかして、私が激怒したので、S氏が私におわびの品を渡したいという。ところが何箱もあるので首をかしげる。

「どうしてこんなにあるの」

と聞いたら、

「ひとつだけ買って、それが気に入ってもらえないと困るから」

というのである。猫の置物やら写真立てやら、貢《みつ》ぎ物をたくさんもらう。

「これで忘れて下さい」

というので、

「あんたのやったことは忘れないが、今回は許す」

と答えておいた。

食事の途中、どういうわけだか、鼻毛と陰毛の話になる。ツルタさんが、

「鼻毛の出てる男は絶対に許せない。だいたい、だらしのない人は大嫌い」

と怒っている。

「でも、出てるものはしょうがないじゃないですか」

文庫部長が穏やかにいうと、

「あれは出ていてはいけないのです。鏡を見ればわかるじゃないですか。ねえ、群さん」

と私に話をふってくる。やだね、こんなときにと思いながら、

「そうよね。あれは自分で気をつければいいんだものね」

といっておく。

「ほーら、ごらんなさい。鼻毛は出ていてはいけないものなんです」

ツルタさんは胸を張った。

「それでは」

部長は背筋を伸ばした。

「陰毛はどうなんですか」

一同、ナイフとフォークを手にしたまま、前につんのめる。品のいいイタリアンレストランで、斜め後ろの席では、いい雰囲気の大人の男女が涙目で語らっているというのに、

何じゃこれはと、私はちょっとあせる。

「げげげげっ」

ツルタ嬢は大笑いしながら、

「そんな。陰毛なんか外から見えないじゃないですか。見えてたら犯罪ですよ」

という。

「でも、毛には変わりはないですよ」

部長は真顔である。

「他人から見える範囲の毛のことです。それは自分でも気をつけられるでしょ」

「それではあなたは耳毛も嫌いですね」

「あー、やだー、やだー、耳毛。信じられない」

ツルタさんはぷるぷると顔を横に振った。

「群さんは胸毛はお嫌いですか」

部長は私にも聞いてくる。

「好きな人にあったらしょうがないですけど、すすんで胸毛が好きっていうわけではないです」

という。

「そうですか。じゃ、好きになったらあってもいいというわけですね」

「まあ、そういうことですねえ」

「じゃあ、好きな人に鼻毛や耳毛があってもいいじゃないですか」

部長もしつこく食い下がってくるのである。

「だからあ……」

ツルタさんも一生懸命説明している。あとの男性編集者は、ただ呆然としているだけである。最後に、

「とにかく、人間として、鼻毛と耳毛を出している人は許せません！」

というツルタさんのひとことで、やっと毛の話は終わった。しばらくはこのレストランには来られない。

×日

作家の尾崎翠の取材のために鳥取行き。羽田空港に向かう。B社のN嬢と、

「鳥取行きのカウンターの前で」

と待ち合わせをしたが、行ってみたらそんなものなんかない。飛行機で鳥取へ移動。機

内はほとんどがサラリーマンである。小さい子供を連れた母親が前のほうに座っていて、子供がぎゃーぎゃー泣き叫んでいる。最初、スチュワーデスがおもちゃや絵本を持ってきていたが、全く泣きやまない。スチュワーデスの顔がむっとしてきたのがおかしかった。

鳥取は不思議な天気のところだった。まずホテルにチェックインして、お昼を食べてから動こうということになる。雨模様だったのが、食事をしに外に出ると、日がさしてきた。

「天気がよくなってよかったね」

といいながら、ビルの地下でうどんを食べて、外に出たら大嵐《おおあらし》になっている。一時間足らずだというのに、あまりの天候の変化に驚く。

「鳥取はあなどれん」

と思う。いつまでも驚いてはいられないので、タクシーで図書館に向かう。以前、NHKで放送された尾崎翠に関しての番組のビデオを見せてもらい、資料をコピーさせてもらう。鳥取の夜は早く、八時にはほとんどの店が閉まってしまう。飲食店も同じである。夜は和食を食べ、おとなしくホテルに帰る。

×日

今日は尾崎翠の姪《めい》にあたる方に取材をさせていただく日である。天気はよくない。タクシーでお宅に向かうと、ある家で女性が出てきて入り口の雪をはらったあと、すぐ中に入っていってしまった。

「もしかして、あのお宅では」

と表札の名前を確認すると、そのお宅だった。

「まあ、さっきあちらから歩いていらっしゃいましたよねえ。ごめんなさい。このごろ宗教の勧誘の人が多くて。必ず二人連れで来るものだから、そうかと思ったの」

とすまなそうにいわれるので、大笑いする。たしかに静かな住宅地に、見慣れぬ女二人がうろうろしていたら、怪しいと思うに決まっている。

姪の早川さんは私の本を以前から読んで下さっていて、いろいろなお話を聞かせて下さった。尾崎翠から贈られた品々も見せていただき、私は感無量であった。お茶をいただいているうちに雪が降ってきた。あとで弟さんもお見えになり、雪を見ながら、

「東京は本当に雪に弱いですねえ」

と話す。資料をお借りして、二時間ほどで失礼する。

そのあと、市内に戻り、昼食を食べたあと、尾崎翠が住んでいた海辺の町に行ってみる。大きな看板が出ていて、

「不審な人を見かけたら、すぐ連絡するように」

と書いてある。地元の人以外、観光客など一人もいない。

「私たち、ぶらぶらしていると絶対に、通報されるよ」

といいながら、ぶらぶらする。近所の飼い猫が停泊している船の中に入り、じーっとこちらを見ている。タクシーを呼ぶ間、猫とにらめっこをして過ごす。雪が降っていたのにあっという間に晴れた。運転手さんに鳥取砂丘に連れていってもらう。ただの砂山じゃないかと思っていたが、行ってみると味わい深いところである。

「来てみるもんですねえ」

というN嬢の言葉にうなずく。天気はよい。鳥取は雨、曇、晴れ、雪、という天気が、一日のうちに全部経験できるところである。

夜はカニ。二人でカニを平らげ、そのあとカラオケに行く。そうしないと時間がつぶせないくらい、夜が早いのである。行ったカラオケボックスはきっちりしているというか、几帳面《きちょうめん》というか、利用客の住所、氏名、年齢、職業、電話番号まで書かせるのだった。カ

ラオケ好きのN嬢は、何かをふっきるように歌いまくっていた。私は麻雀《マージャン》をはじめてから、カラオケをやったのは一度くらいである。三年ぶりくらいだろうか。もうめちゃくちゃ歌いまくってやる。

「すみれSeptember Love」「硝子《ガラス》の少年」「アジアの純真」「サーキットの娘」「これが私の生きる道」「渚《なぎさ》にまつわるエトセトラ」「ズルい女」「いいわけ」を歌う。もちろん練習なんかしてないから、行き当たりばったり。下手くそだろうがもう何だっていいのである。T.M.Revolutionの「HIGH PRESSURE」「WHITE BREATH」は見事大失敗。華原朋美の「I'm Proud」に至っては、歌っていて失神しそうになった。

十二時前に終わって、ビルの下の階に降りると、そこのフロアはプリクラだらけ。私はプリクラをやったことがないといったら、

「やりましょう、やりましょう」

とN嬢に連れて行かれる。ビーチボーイズプリクラを発見。

「反町と竹野内とどっちがいいですか」

と聞かれたので、

「竹野内に決まっとるじゃないか」

という。竹野内豊にぴったりとよりそう私と、背後からピースサインを出して邪魔をす

るN嬢という構図で写す。出来上がりに大満足。できのよさに気分がよくなり、次はちびまる子ちゃんプリクラにトライする。私がまるちゃんで、N嬢はたまちゃんである。くりぬかれた顔面に自分の顔の輪郭を合わせるのだが、うまくいかないまま写してしまい、出来上がってきたのを見たら、まるちゃんの顔面から、私の顔面が大きくはみだしていて、ものすごい顔でかの、まるちゃんになっていた。おとなしくホテルに戻って寝る。

×日

天気がよくなった。帰る前にタクシーで尾崎翠が通学した高校と、菩提寺《ぼだいじ》にお参りをする。空港でおみやげを買い、あっさりと帰る。鳥取に行く前、私の住んでいるマンションの前は建て売り住宅の建設中だった。帰ってみたら、ほとんど家が建っていた。あんなに簡単に建ててしまって、大丈夫なのだろうか。

隣の猫がやって来るが、目つきが冷たい。

「ただいま」

といっても、

「ふんっ」

といった態度である。十分ほどうろうろして帰る。夜、また遊びに来るが、体を撫《な》でてやろうとすると、するりとかわして逃げた。すねているらしい。ふだんは私が抱っこしてお隣に返すのに、今日は自分から帰っていってしまった。

×日

漫画家の石ノ森章太郎氏逝去。私は子供のときに、彼が書いた「マンガ家入門」という本を買い、トレーシングペーパーで、「龍神沼」の絵などを写しとったものだった。漫画家は作家よりも、もっとハードな仕事なのだろう。「消えたマンガ家」を読んでも、漫画家は一発大当たりすれば、一攫《いっかく》千金も夢ではないが、それによって失うものがとても多い職業のようだ。ある人は生命を失い、ある人は平常心を失う。作家よりも若い年代でのデビューや、出版社のかかえこみ作戦にも、要因があるのかもしれない。

母親が新築した家に引っ越すときに、ウサギと鳥をどうやって運ぶかを電話で相談する。電車では運べないので、ペットショップのお姉さんと相談した結果、業者のトラックに乗せてもらうという。

「それで大丈夫なのかしら」

と私は心配になる。

近所の書店に本を頼んでいて、今日あたり届くはずなのだが、行ってみたら注文してなかったと間抜けなことをいう。とにかくすぐ注文しなおしてくれるようにと頼んだら、折り返し電話があり、実は注文済みで、少しこちらに届くのが遅れるだけだという。わけがわからない。

「とにかく本が届いたら連絡して下さい」

といって帰ってくる。

またまたN新聞でのチェックが入り、あまりにわけのわからない理由なので、

「もう何があろうとやめるので、上司にそういっておいて下さい」

と担当者にいう。私が知りたいのは、いったい誰がそういう下らない言葉のチェックをしているかということだ。担当者に聞くと、

「名前も顔もわからない誰か」

だという。あまりにばかばかしすぎて話にならない。彼は、

「正直いって、これから続けていただいても、ご迷惑をおかけすると思うので」

といっていた。K社に電話をし、これまでのいきさつを全部話して、

「連載はやめます」

と報告する。K社の人も呆《あき》れ返り、怒っていた。新聞は文字を扱っていながら、私の感覚とは全く違う媒体で、私には理解できない。昨年、新聞小説の連載をやったが、小説でも言葉のチェックがあった。「出戻り」もいけないのだ。N新聞では濃厚なラブシーンが出てくる小説などを連載しているのに、なんで「おばさん」や「面接官のおやじ」や「頭の悪そうなおねえちゃん」がいけないのかわからない。絶対に新聞の仕事はやらないことにする。頼むときは口先でいいことばかりいって、結局はすぐ保身にまわろうとするから。N新聞の連載をやめると決まったとたん、とっても気分が明るくなり、他の原稿をじゃんじゃん書く。

×日

母親より電話があり、無事に引っ越しが済んだという。ウサギは段ボール箱にいれ、鳥もペットショップで売っている箱の中にいれて運んだという。まっさきにトラックから出してもらい、ケージと鳥かごに入れてやると、

「やれやれ」

と体を伸ばし、鳥のほうはちょっと怒っていたらしい。まあ、これでひと安心である。

「お姉ちゃんはいつ来られるの」

というので、

「ずっと行けない」

とこたえておく。

×日

冬季長野オリンピック開催される。どうせ開会式はつまらないだろうと思って見なかった。スキー客が少なくて、長野は大変だったという。スキーもしばらくやってないなあと思う。どうも私は股関節《こかんせつ》に問題があるようで、うまくターンができない。体のゆがみを直す体操などをやったほうがいいのかもしれない。

×日

清水宏保、スケートの五百メートルで、一位のタイム。身長が百六十二センチで、外国の選手と比べると、大人と子供のようだ。スケートは手足の長さが勝負だと思うのに、あの小柄な体で、よくあれだけのタイムが出せるものだ。きっとすさまじいトレーニングをしているのだろう。仕事をしながら見ていたが、見ていてついつい力が入ってしまった。

実況のアナウンサーが、何度も、

「お父さんを亡《な》くした」

を連発していてうるさい。競技が終わり、スタジオの男性のアナウンサーが、

「今日と明日のタイムを総合して、順位が決まります。今日だけだったら、清水選手が金メダルなんですけど……」

といったので笑ってしまう。だんだんオリンピック気分が盛り上がってくる。

×日

夕方からスケート競技を見る。清水選手が出てきたら、どういうわけだか、胸がどきどきしてくる。

「どうして私がこんなに緊張してるんだ」

とつぶやいてしまう。赤の他人の私がこんなにどきどきするのだから、身内は正視できないくらいなのではないだろうか。ただ転ばないでと思いながら見ている。また一位のタイムが表示されたとき、思わず、

「やったー」

といいながら拍手をしてしまう。あの体で本当にすごいことである。アナウンサーがまた、

「お父さんを亡くして……」

を繰り返し、情緒的になっていた。競技会に出るのにもずいぶんお金が必要であるらしく、彼のお母さんは肉体労働をしていたという。大変なことである。

×日

一日休みにする。部屋を片づけなければと思うが、なかなかはかどらない。特に本はこまめに図書館の交換本のコーナーに持っていっているのに、すぐたまってしまう。途中で疲れてやめてしまった。スキーのモーグルで、里谷多英選手が金メダル。解説者の男性のあまりのボキャブラリーの少なさに笑ってしまう。今の若い人はそうなのかもしれない。ずいぶん前、某人気作家の愛人であるらしい若い女性と話したことがあるが、彼女は文章で言葉を話せなかった。こちらが問いかけると、単語でしかこたえないのである。小首をかしげながら、単語を並べていくだけ。

「明日、買い物、行く」

極端にいえばそういう感じなのである。ぼーっとした雰囲気でそういわれたら、ミステリアスな感じがして、男性はよろよろっとしてしまうのかもしれないが、私は、

(ちゃんとしゃべれよ、ちゃんと。赤ん坊じゃないんだから)

といらいらしたものだった。まあ、モーグルの解説者も、それにもっと明るく能天気が

加わったようなものだろう。まだ明るいだけましか。モーグルを最初に見たとき、首がむち打ち状態になるのではないかと心配になった。膝《ひざ》もがっくがくだし、首もがっくがくだし、あれは体に悪いことはないんだろうか。ただ斜面を滑っているのではなく、こぶを作ってジャンプをしたり体をひねったり、いろいろなことを考えるものである。見ているとやはり面白い。彼女もお父さんを亡くしたそうである。

×日

仕事場にお弁当を持っていく。ある外国のスキーの女子選手は膝の靱帯《じんたい》を切り、スキーのコースをコーチにおんぶしてもらって見にきたという。オリンピックに出るような一流のスポーツ選手の体は、がたがたなのではないだろうか。私のような仕事は編集者に渡す前に、いくらでも手直しできるし、絶対的な評価がない仕事である。スポーツ選手だけではなく、俳優、歌手など人の前で体を使う人は本当に大変だ。ましてや彼ら、彼女たちのように、秒以下の単位の数字ですべてが決定してしまう状態は想像もできない。自分がスキーをやる前までは、ただ漠然と見ていたが、いざ自分がやると、あれがどんなにすごいことなのかがよくわかるようになった。

×日

ジャンプ団体金メダル。途中、雪が降ってきて中断しているときに、もしかしたら四位だし、もうだめかもと思い、図書館に行き、買い物をしていた。帰り道、書店から流れてきたオリンピック放送で、日本チームが金を取ったのを知る。買う本もないのに、つい店に入って聞いてしまう。私と同じようにたまたま前を通りかかった、茶髪のチーマー風の青年が、はっと脚を止め、金メダルを取ったとわかると、

「やったー」

といいながら、両手を上げて走っていった。原田がちゃんとやったのだ。ライブで見ていると、心臓がどきどきしてきて体に悪い。昔、プロレス中継を見ていたじいさんが、興奮して死んだりしていたが、そのことをふっと思いだしたりする。今回はライブを見逃したおかげで、安心してテレビを見ることができた。やろうと思ってもやれない原田のジャ

ンプ。不思議な人だ。

担当の女性編集者から電話。社内で異動があり、不本意な部署に変わったという。

「群さんはお仕事はいかがですか」

と聞くので、

「来月、N新聞の連載をやめるから、ほんのちょっとだけ楽になるよ」

というと、

「相変わらず、やってますねえ」

と笑われる。そんなにいつも怒っていて、喧嘩《けんか》をしているわけじゃない。ただ納得できないことはできないだけである。

「あなたは出世路線を歩んでいるんだから、がんばるのよ」

とからかうと、

「勘弁して下さいよ」

と笑いながら泣いていた。

×日

原稿を三本、四十枚書いたあと、夜は麻雀《マージャン》。昨年、役満を上がってすべての運をつかい果たしたか。結果はいいたくない。

×日

午後、K社のH氏と渋谷で打ち合わせ。すでにスケジュールが埋まっていて、二〇〇〇年一月からでないと、連載ができないと話すと、それでもいいということなので、引き受ける。

×日

「uno!」の西原理恵子さんとの対談。怒濤《どとう》のようにお互いにしゃべりまくる。必ず私のほうが早く現場に着いている。西原さんが、

「次は絶対に、私のほうが早く来る!」

と胸を張ったので、

「ふーん、そういうのなら、私はもっと前に来て待ってるわ」

といい合う。

×日

B社のA氏、S氏、I氏と共に、銀座のエノテーカピンキオーリで食事。母親はイタリ

アの本店でもここでも食べていて、

「お姉ちゃん、両方ともとてもおいしかったわよ」

といっていたが、私ははじめてである。長いエントランスを通ると、テーブル席が並んでいる。入ったとたん、三、四歳の子供を連れた若夫婦が目に入る。

「あんな子供が食べている」

ちょっとむっとする。

「四十すぎて、はじめて来たのに……」

そういうと、A氏が、

「おれなんか五十すぎてはじめてだぞ」

という。みんなで、

「あれは許せん」

といって横目でにらみつける。

なるべく数多くの物を食べたいという結論に達し、みんなで取り分けて食べることにする。S氏は、丸テーブルの中央に、きれいに飾りつけてある花を指さし、

「悪いけど、これ、邪魔だからどけて」

といい、場所を作る。そして料理が来たら私たちのテーブルだけ中華料理化していた。四人の間を皿がぐるぐる回る。手打ちパスタはぎっちりとボリュームがあり、牛も鳩もお

いしい。

帰り際《ぎわ》、お店の若い男性にサインを求められてこれまた驚く。外に出たら本当にぼーっとしないように気をつけよう。

×日

K社のDさんと昼食。昨夜の暴食がたたって、控えめにと頼みつつ、全部食べてしまった。

×日

B社のH氏、S氏と青山で和食を食べながら打ち合わせ。S氏が新しい担当になった顔合わせである。いろいろと二人から、表ざたにできない興味深い話を聞く。世の中って面白いとつくづく思う。

×日

「伊兵衛工房」の紬《つむぎ》の展示会に行く。十年以上前から興味があったのだが、思い切って行ってみる。とても素敵な物ばかりで、目移りする。お店の人もとても親切で感じがよく、気持ちよくその場にいさせていただいた。黙っていればいいのに、母親が好きな着物だと思い、電話をすると、

「行く、行く」

と大騒ぎ。お友だちを誘うそうである。こういうことをするから、また私のふところが痛むのだと、ちょっと後悔した。

×日

S社のKさんと待ち合わせて、ピュリッツァー賞展覧会に行く。老若男女《ろうにゃくなんにょ》、ものすごい人で驚く。天気も悪いし、がらがらだと思っていたので、「絵画ならわかるけど、日本人ってこんなに写真展が好きだったのか」と二人で首をかしげる。あまりの人の多さに写真はよく見られず。そのあと「分とく山」で夕食。野菜がたっぷりの和食。帰るころには雪が降ってきて、どうなることかと心配したが、思ったほど積もらなかった。

×日

休みにして、先日行った展示会に母親と母親のお友だちを連れて行く。お友だちといっても、私と年が近い、母親よりもずっと若い人だ。

「青山なんて来ることがないものねえ」

といいながら、着物を見た母親の目の色が変わる。

「あれもいい、これもいいわ」

と大騒ぎ。

「これは母の日用ね」

と勝手に決められる。

元「婦人画報」の編集長だったという、とっても美しいご婦人がいらした。お洒落《しやれ》で素敵で、日本にもあのような方がいるのだなと思う。表にでる人よりも、裏でささえてきた人のなかに、素敵な人が多いのかもしれない。

×日

昨日、休んでしまったので、日曜日だが仕事。今週は週に三日、締め切りがある。

×日

税理士さんと税金について打ち合わせ。経費が少なくなったうえに収入が増えてしまい、マンション一つ分の失神しそうなくらいの税金を払わなければならないとわかり、目の前が真っ暗になる。銀行の口座には払わなければならない税金の三分の一しかない。大丈夫か。どれもこれも突然、土地の頭金をぶんどられたせいである。また母親と弟が憎くなる。税理士さんはすでに、どこからお金を借りるかまで、頭の中で考えている様子である。どうしてこんな目にあわなきゃならないのだ。

×日

N新聞の人とホテル内の和食屋で食事。通常ならばイラストレーターの方と、顔合わせをかねた食事会になるはずが、私が連載をやめることにしたので、慰労会になってしまった。その店の責任者かフロアの責任者かわからないが、顔面が、

「私は意地悪で性格が悪いわよ」

と物語っているおばさんがいた。やっぱり威圧的で慇懃《いんぎん》無礼であった。あまりにわかりやすい顔をしているので、きつくアイラインを入れた顔に見入ってしまう。

私に仕事を依頼した上司は、

「実は私、新しい部署に変わりました。前の部署はとてもストレスがたまる場所だったんですが、今度は自分で原稿を書かなきゃならなくて。どういうテーマを探そうか、考えているところなんですよ」

と妙に明るい。きちんとした詫《わ》びの言葉などひとこともなし。私は、

「ああ、そうですか」

といいながら、腹の中で、

（ふざけんじゃないよ）

と思った。トラブルが起こり、いったいどうしたらいいのかと、あれこれ悩んだ自分がばかみたいに思えた。こういうおじさんは、きちんと責任などとらずに、ふらふらと生きていくのだろう。

途中で彼が帰り、担当者が、

「本当にご迷惑をおかけして、申し訳ありませんでした」

と頭を下げた。若い人も組織の中で大変である。

とても不愉快になり、むしゃくしゃしたので、帰りに着物と帯を買ってしまう。着物の本を出すことになったので、必要といえば必要なのだが、物を買うとお金がなくなり、またお金をつかわないと経費にならない。どうすりゃいいんだ、人生崖《がけ》っぷちという感じである。まあ、仕事を続けていれば、何とかなるだろう。

×日

新潮社から連絡があり、歌手の森川由加里さんのラジオ番組に、また出て欲しいと依頼があったという。森川由加里さんではなく、森川美穂さんの番組だったら出たことはあるので、確認してほしいと連絡をしたら、電話を受けた人の早合点で勝手にそう思ったとのこと。何を考えているんだろうか。呆《あき》れる。

×日

夏糸を買ってきた。カーディガンを編むつもりだが、こんな調子でできるんだろうか。書き下ろしを二冊、七月末までにやらなければならないのに、そのうちの一冊はひと文字も書いていない。週末から旅行に行く予定なので、二日の間に原稿を三十枚書かねばならない。こっちのほうも大丈夫か。私の周囲は「大丈夫か」だらけである。

×日

G社のOさんと新宿で単行本の打ち合わせ。今回のは昨年新聞連載をしていた、上下二巻本なので、ゲラのチェックも二冊分だ。語彙《ごい》の統一リストがあまりに多いのでうんざり。ゲラチェックがいちばん嫌いなので途方にくれる。もう絶対に二巻本なんか書かないと決める。その後、ニューオータニで打ち合わせ。台湾で私の本を出版したいという。台湾はとても好きな所なので、一も二もなくＯＫする。夜は麻雀。税金のこともあるから、絶対に負けられないという意気込みで臨む。もののけ王子も参加。王子に、私が使っているカッシーナのソファを引き取らないかというと、

「欲しい、欲しい」

というので、譲ることにする。うちの前に建て売り住宅が建ち、ベランダから丸見えになるので、大家さんが手すりを高くしてくれることになった。そのソファは玄関から入らず、ベランダからつり上げて入れたので、手すりが高くなると部屋から出せなくなる。その前に必要な人に譲ってしまおうと思ったが、すぐもらい手がみつかってよかった。もののけ王子、また頭が膨張するも、次々にツモ上がりをして、ツルタ嬢を激怒させる。私は、しおしおのぱーでおしまい。明け方、うなだれて帰る。

×日

三時間ほど寝て、原稿をファクスで送り、「ｕｎｏ！」の対談と撮影場所に向かう。対

談のあと撮影の予定だ。六本木のスタジオに到着したら、すでに西原さんが来ているので、

「おおっ、早いじゃないか」

といってしまう。

「なんでみんなそういうの。さっきも同じことをいわれたのよ」

と西原さんが口をとがらせた。今回は西原さんのリクエストによる、宝塚、いや、熱烈ファンから怒りのお手紙が来てはまずいという配慮から、正しくは「宝塚風」である。

「ぴっちりした白タイツや、レビューの網タイツは絶対にだめ。とにかく体型がわかるものは禁止！」

と事前にいったら、その通りの衣装を見つけてきてくれた。

対談の前に、

「私、今日、わけのわからないことをいうかもしれない。麻雀《マージャン》で朝帰りをしたから」

というと、西原さんが、

「そんな人をうらやましがらせるようなことをいって」

という。最近、時間がとれないので、夜は麻雀もできないそうである。

いつものように二人で怒濤《どとう》のように喋《しゃべ》って、男役に変身である。最初のころの対談は、普通にヘアメイクをしてもらって、二の線でやってもらっていたのに、このごろはほとんどコスプレ状態である。西原さん、私共々、やぶれかぶれに近い。こってりと化粧をして

もらい、私は髪の毛をオレンジの色がついた、ポマードみたいなもので、オールバックに固める。つけまつげ二枚、ぶっといアイライン、ブルーのアイシャドー、ノーズシャドーという、てんこ盛りの化粧で、異様に顔面が重い。

宝塚の人はこのような化粧をし、歌ったり踊ったりするなんて、本当に大変なことである。ふつう女の人というものは、化粧をすればするほど女っぽくなるような気がするが、私の場合は、厚化粧になればなるほど、男に近付くということが判明した。手を加えれば加えるほど、オカマになっていくのである。ということは私は基本的に男顔なのではないだろうか。それと反対に、西原さんは化粧をすればするほど、女っぽくなっていく。しまいには、

「ダッチワイフに似てる」

と本人がつぶやくほどであった。とにかく通常では見られない、自分の姿に二人とも驚く。カメラマンの川上さんに、

「この世のものとは思えない」

としみじみといわれてしまった。クレンジングを三回やっても化粧が落ちなかった。

×日

久しぶりに休みを取り、三泊四日で友だちが持っている、小淵沢《こぶちさわ》の別荘に遊びに行く。今年の大雪の影響か、あちらこちらに雪が残っている。それもはんぱな量ではない。屋根からの落雪で別荘のポストが壊れていたり、お湯がわかないことがわかって、一同、あせる。三十分ほどして蛇口からお湯が出はじめて、ほっとする。これから友だちが日を追って訪れるというので、農協に買い出しに行く。思ったよりも寒く、ストーブの周囲でうろうろする。

どんどん友だちが集結し、総勢七人になる。日中は自由行動。夜はみなワイン好きなので、ワインを何本もあけて、ああだこうだと話し込んでいる。私もグラスにほんのちょっとだけいれてもらって、なめる。ワインによって本当に味が違うことを知る。グラスの底から五ミリずつ、三種類飲んだらぼーっとしてきたので、水を飲んでソファでごろ寝していると、

「本当に弱いねえ」

と笑われる。私は訓練しても飲めない質《たち》であることは間違いない。

×日

車で町内を移動し、輸入品のストーブや雑貨を扱っている店で、しょうがのジャムを発見。もちろんオーガニックである。しょうがは体を温めるというので買う。ブルーベリー、ラズベリーなど、ベリー類を四種類集めたジャムも買う。両方ともイギリス製だった。別荘に帰って、スタイリストのMさんに、

「これ、食べてみる?」

と聞いたら、

「うん」

とうなずいたので、しょうがのほうを最初になめてもらったら、不機嫌そうな顔になった。

「まずい?」

「うーん」

「少し持っていく？」

といったら、きっぱりと、

「いらない！」

といわれてしまった。私もなめてみたら、ひどくまずかった。ベリーのジャムの二倍の値段を払ったのに。食品に関しては、チャレンジもほどほどにしたほうがいいかもしれない。がっくりして蓋《ふた》をして鞄《かばん》の中にいれる。

×日

別荘では新聞はとっていないし、テレビはあるが、ずっと見っぱなしというわけではないので、情報からは隔絶されている。でも木を見たり、散歩をしたり、たき火をしたりしているとすぐ時間がたつ。私は眠れないということはないのだが、ここにいると眠りが深いような気がする。東京では気が付かないうちに、精神が高揚しているのかもしれない。

×日

近くのおいしいそば店でそばを食べて、東京に帰る。途中、八王子を通過したので、

「うちの実家、このあたりじゃないのかしら」

といったら、友だちに、

「だから一度くらい行けばいいのに」

といわれた。家が建ったころは、母親も、しつこく、

「いつ来るの、いつ来るの」

といっていたのに、だんだんいわなくなった。母親と弟の荷物を考え、設計図を見ると、どう考えても私の居場所はなかった。

「私の部屋なんかないじゃない」

というと、

「そんなことはないわ」

とむきになっていたのに、最近は違ってきた。あっという間に部屋が埋まってしまい、

私がいるところなどないというのである。それならそれでいいのに、母親は、

「うちは何だかわからないうちに、いっぱいになっちゃったけど、裏の土地が空いているわよ。四十坪だけど、お姉ちゃん、そこに家を建てたらどうかしら」

などというのである。税金を借金しなければならないのではと心配しているのに、何というお気楽さであろう。近付かないほうがいい。

仕事場に戻り、パソコンでここ二、三日の新聞記事を読んでいるうちに、須賀敦子さんが亡《な》くなられたことを知る。須賀さんとはご一緒に小樽《おたる》に行ったことがある。松山巖さんが伊藤整文学賞を受賞したお祝いに、関川夏央さんや編集者と一緒に行ったのである。そのとき、石原裕次郎記念館に行ったのだが、彼が持っていた山のような服、靴を見たとき、私はとても嫌な気持ちになった。どんなにいい服、いい靴でも、着る人がいなければただの物だ。おまけに亡くなった人の気配もする。何とも生々しかったからだ。須賀さんにそう話すと、

「私も主人が亡くなったときに、着ていた服を見るのがいちばん辛《つら》かったのよ」

とおっしゃっていたのだ。列車の中で、

「日本はアメリカ式の簡便な生活をお手本にしたから、変な方向にいってしまったのね」

などといろいろとお話をさせていただいた。とても楽しい旅行だった。それから体調を崩されたとはうかがっていたが。まだまだ須賀さんの文章を読みたいと思っていたのに、

とても残念だった。お葬式の日にどうしてもはずせない用事があるので、知り合いの編集者に、カトリックの式で、私のような立場の者はどうしたらいいのかと電話をし、弔電を打つことにする。

×日

夕方、新潮社の対談の文庫本の表紙の打ち合わせ。夜はA新聞社のYさんと青山の鮨《すし》店で食事。店のお兄さんたちがあまりに声が大きく元気がいいので、お互いの会話が聞き取れないくらいだった。

×日

担当者の異動が多く、その連絡の電話が次々にかかってくる。

×日

展示会で注文しておいた着物と帯が届く。ピアノ運送の人が、ソファを運搬しに来る。クレーンでつり上げて持っていった。午後、もののけ王子から電話があり、

「ありがとうございます」

と喜んでいる。

「部屋に入った？」

と聞いたら、

「もう窓を全部はずして、ねじ込んだっていう感じですけど、大丈夫ですよ。何かくつろいじゃって、とってもいい気分」

といっていた。喜んでもらえてよかった。

×日

K社の方々と麻雀。

「なんで、こういうことになったんだろう」

と首をかしげながらやっていたら、朝、五時半になってしまった。タクシーで帰るときに千鳥ヶ淵の横を通ったら、お年寄りの団体がすでに花見をしていた。

×日

ここ二年ほど、毎年、うかがっている森川美穂さんのラジオ番組に出演する。彼女が私の本を読んで下さっていて、声をかけてくれたのが最初である。彼女は美人でさばさばしていて、面白く頭のいい人である。もちろん歌もとても上手だ。行ってみたら森川さんだけでなく、木根尚登さんとの番組に変わっていた。間に入った人からは何の連絡もなく、森川さん用の献本しか持っていかなかった私は、木根さんにひたすらあやまり、のちほどお送りする約束をする。かつて私がロック少女であったことを告白し、ものすごい雷雨のなかの、グランド・ファンク・レイルロードのコンサートに行った話をする。話しているうちに、びしょぬれになり、帰りの電車の中で転んだことを思い出した。

×日

サンデー毎日の編集長と、担当者のMさんと、タイユバン・ロブションで昼食。他のお客さんは、きれいに着飾ったおばさんばっかり。おばさんたちは記念写真を撮る始末である。ランチで品数が少ないというのに、目の前に出されるのは、ことごとく注文した品物ではないものばかり。三人の注文が入れ替わって出される。誰が何をオーダーしたか、全く覚えていないのである。しまいには、メインの料理の前に、

「お肉でしたっけ、お魚でしたっけ」

とあらためて聞きに来る始末。これはちょっとひどいのではないだろうか。これが夜だ

ったら、いったいどういうことになるのか、想像すると恐ろしい。

×日

雨が降っていてとても寒いが、午前中に髪を切りに行く。帰り、やっぱりあの女の子は、とっても性格がよくてかわいらしいけれど、カットが下手なのかもしれないと思う。午後、G社のOさんが文庫本の見本を持ってきてくれる。明るい感じでとてもいい。

×日

昨日とうってかわって暑い。仕事をする前に、山のようにたまっていた洗濯物を洗ったら、物干し場いっぱいになってしまった。

×日

ソファがなくなってしまったので、今度は玄関から入るソファのカタログを持ってきてもらう。分厚いカタログなのに、ドアから入る物は三点だけ。デザインなどいろいろと検討したうえ、やはりカッシーナのコンパクトなタイプのソファにした。

×日

K事務所の社長と、編集部のHさんと、おいしいイタリア料理を食べながら打ち合わせ。

×日

六本木で「ｕｎｏ！」の西原理恵子さんとの対談。ド派手な振り袖《そで》も着たいということで、今回はいかれたこまどり姉妹風で行くことにする。私がどうしても髪の毛に花をたくさん挿したかったので、

「アフロのかつらに花を挿すのはどうですか」

といっていたのだが、ヘアメイクの女性が、地毛に挿してくれた。それも鮮やかな色合いの洋花ばかり。西原さんはロングヘアなので、きれいにアップにして、そこに花を挿す。私は短いので、ビートたけしのコマネチ！の表紙みたいに、毛をディップで逆立てて、そこに挿した。

事前に、足袋のサイズを聞かれなかったので、大丈夫かしらと思っていたのだが、案の定、二十四センチというものすごく大きな足袋が準備されていた。

「どうしたの、これ」

と編集者に聞いたら、

「大きければ、入らないということがないと思いました」

というので大笑いする。

「足袋は靴のサイズよりも小さいのを履くのよ」

といったら、

「へえ」

とびっくりしている。

「群さんは何センチですか」

と聞くので、

「二十二くらいかな」

といったら、

「どうしましょう」

とおろおろしている。

「しわが寄っているのが写らなければ、大丈夫よ」

といったものの、準備された草履も、私はSサイズなのに、Lサイズであった。

「本当にぶかぶかしてて、楽でいいわあ」

と何度もいじめると、編集者は、

「ひえーっ」

とあわてていた。こうやってひとつひとつ仕事を覚えていくのである。

西原さんが撮影中に、

「私、これ、今まで一番好き」

という。本当にきれいでかわいかったので、

「よく似合ってるわよ」

と誉《ほ》めた。編集者のすきを見て、西原さんが部屋のすみっこで手招きをする。何事かとすり寄ってみたら、

「もしかしたら『ｕｎｏ！』が廃刊になるかもしれないっていう噂《うわさ》があるの」

というので、

「やっぱりねえ」

とこたえる。ついこの間、この対談を十回続けるので、これからもよろしくといわれたばかりなのに。

「もし、今日、次の予定をいわれなかったら、それは確実だね」

二人して部屋のすみっこで、振り袖を着て頭にはたくさんの花をぶっ挿したまま、こそこそしていた。

三味線を手に、

「ジミ・ヘンドリックスみたいに、歯で弾いちゃるぞ」

といいながらおちゃらけているうちに、撮影は終了。化粧を落としているときに、ヘアメイクの女性が、

「次は何ですか」

と聞いたら、編集者が、

「えーと、いちおう本になるだけはあるので……」

という。私と西原さんは、目配せをしてうなずいた。毛を逆立てたまま、タクシーで帰る。運転手さんはさぞびっくりしたことだろう。家に帰り、ヘアメイクの女性にいわれたとおり、まずリンスで髪の毛を洗い、そのあとシャンプー、リンスでディップを落とした。舞台やテレビに出る人は、そのたびに化粧や衣装があって、つくづく大変だなと思う。

×日

S社の二人のKさんと、今後の連載と文庫の打ち合わせ。そのあと食事をしにいくと、隣のテーブルにマスコミで活躍している某女性がいた。あまりに品がないので驚く。こちらのテーブルに体がぶつかっても知らん顔。とにかくしゃべり方から態度から、ぞんざい

なのである。

「あんな人だったのか」

とKさんたちと納得する。

×日

イラストレーターの土橋とし子さんと、G社のOさんと、「ブティックサロンココ」という帽子店へ行く。土橋さんは、オーナーの平田暁夫さんの帽子教室に通っていたことがあり、かわいい帽子をたくさん持っている。特に夏の帽子がとてもいいというので、連れていってもらったのだ。店に行く前に、近くのお鮨屋さんで、ちらし鮨を食べる。とてもおいしくて感動する。夏用の帽子というのは、日中はいいが夕方から夜になると、帽子が邪魔になることが多い。ところが「ブティックサロンココ」には、たためる帽子があるという。これまでにもたためる帽子は見たことはあるが、デザイン的にも材質にも問題が多くて、とてもかぶりたいと思えるような品物ではなかった。ところが、こちらの帽子はシンプルでとてもいい。ひとめ見て気に入り、他にもあれこれかぶってみる。たためる帽子

と、二人に、

「とってもよく似合う」

と誉められた帽子も買ってしまう。

「これ、いいわあ」

土橋さんが気に入った帽子があった。素材、形とも、シンプルで美しい。Oさんも帽子を決め、土橋さんの紺色の帽子が出来上がるまで、小一時間かかるというので、近所のスフレ屋さんで時間をつぶす。

土橋さんの帽子も出来上がり、そのあと、裏手にある着物スタイリストの石田さんが出したお店に行く。レンタルも販売もしている呉服のお店だ。かわいい小物や欲しくなってしまう紬《つむぎ》類がいっぱい。値段も安い。出来上がったばかりだという、芥子《からし》色の大きめのうろこ模様の襦袢《じゆばん》を注文する。

一同、満足して帰る。

×日

K社のDさんに、贈呈本リストを渡す。その後、新しいソファの張り地を決めるために店に行く。夜、新潮社の各担当と顔合わせ。単行本、文庫本の担当が代わったからである。そのなかのS氏が、

「これ、これ」

と興奮して、書店の紙袋から何かを出そうとする。いったい何かと思ったら、「uno!」の宝塚風メイクの号だった。

「どうしたんですか、これ。すごいですねえ」

と、どういうわけだか彼は興奮している。

「どれどれ」

と恥ずかしい写真はぐるぐると出席者の間をまわり、やたらとうけまくる。ツルタさんが、

「持って帰っていいですか」

というので、
「それをタンスの引き出しの中にいれておくと、虫がつかないよ」
といって手渡す。

×日

将棋の中原誠氏、浮気会見。ああいうタイプの女性には、ひっかかっちゃいけないっちゅうのに。まじめな人はよろよろといってしまったのかもしれない。「突撃」に笑う。

×日

大阪から占い師の友だちがやってくる。朝早く電話があり、昨日は友だちの事務所に泊まったというので、うちに泊まれば布団《ふとん》があるのに、泊めてあげればよかった。八時半にうちに来て、十二時まで話し込む。今年の私はおとなしくして、旅行にも行かないほうがいいという。来年からはばりばりでかまわないそうだ。

「これからどうするの」

と聞いたら、

「私もスケジュールが忙しくて。これから銀座に行かなくちゃいけないのよ」

という。ハワイに行ったときにもらった、リゾッチャのビーチサンダルをあげる。彼女はそれをスーパーマーケットの袋に入れて、銀座へと向かっていった。

×日

無印に頼んでおいたカーテンと書類入れに使うタンスが届く。

×日

日銀の偉い人が自殺したかと思ったら、元X JAPANのギタリストが自殺したという。私は自殺というよりも、酔っぱらったうえでの事故という気がしたが。テレビで若い頃にギターの練習をしていたときのテープが流れていたが、ああいう若い人でも、ギターの練習となると、ベンチャーズだったというのが、とても懐《なつ》かしかった。まだギターは下手だったが、あれだけになるのだなあと感心する。おやじはしょうがないけれど、才能のある若い人が亡くなるのは辛《つら》いものだ。

×日

K社で新しく出た「飢え」のインタビュー。新しい本が出たときのインタビューは三本

だけと決めている。そうしないと何度も同じことを喋《しゃべ》らなければならないからだ。インタビュアーのなかには、

「何で来た」

といいたくなるような人もいて、こちらが疲れる。フリーランスのライターの人が来ることが多いのだが、どうして暗い顔をした人が多いのだろう。十人会ったら七人は必ず暗い。好きな仕事をしているはずなのに。これは私が不思議に思っていることのひとつである。

×日

あと九日の間に、締め切りが五本、五十枚を書かなければならないことがわかり、ものすごくあせる。いつの間にこんなことになっていたのだ。おまけに七月までに書き下ろし最低二百四十枚、できるのかあっ。夜、K社の単行本の打ち上げ。Y氏に、

「群さんは麻雀《マージャン》に対して、まじめすぎるんだよ」

といわれる。

×日

K社の文庫担当のH氏とHさんと銀座で打ち合わせ。待ち合わせの和食店へ歩いていたら、シンシア・ローリーの店を発見。こんな場所にあったのかとうなずく。中には入らず、外からどんな様子かとちょっとのぞいてみた。

二〇〇〇年に約束した連載のテーマについて話すが、はっきりしたことは決まらず。頭の上でぶんぶん飛んでいるハエも追えないのに、先のことを話していていいんだろうかと不安になる。

×日

B社のN嬢と昼食。

「書き下ろし、ひと文字も書いてないんだ」

というと、明らかにがっかりしているのがわかった。普通は相手が、

「まあ、しょうがないよねえ」

というものだが、彼女が黙っているので、自分でそういって正当化しようとした。二年前にできるはずの書き下ろしもやっていないのがあるし、体はひとつしかないし、いったいどうしましょうかという感じである。でもお仕事をしないと税金が払えないし。困ったものだ。

夜は麻雀。もののけ王子がブラジルから帰ってきたといって、Tシャツをおみやげにくれた。相変わらず半荘《ハンチャン》でトップがとれず。途中、自分でもどうしてそんなことをしたのか理解に苦しみ、

「わからなくなってきました　by　宮沢章夫」

などといっていたら、ますますドツボにはまっていった。やっぱり昨年の誕生日役満で、麻雀の運を使い果たしたらしい。

×日

毎日二本ずつ原稿を仕上げなければ間に合わない。出かけるとその日は仕事ができなくなるので、しわ寄せがくる。どうしたらいいんだ。

×日

新刊本のインタビュー。

×日

本日、締め切りが五本ある。総枚数五十枚。あーあ。G社の「ヤマダ一家の辛抱」の見本が出来上がる。上下本は初めてである。

「また新聞連載を……」

といわれたが、

「絶対にやだ」

と断る。

×日

インタビューの打診が来たが、断る。土曜日から母親が旅行に行くのだが、その代金を

デパートの担当のKさんが取りに来る。彼女は私よりも二つ下で、性格はとてもよいのだが、

「一度じゃすまない、忍者ハットリくん」

といわれている。どこか抜けているのである。結婚しているが、子供がいないので、休みのたびに趣味のボディーボードをやり、バリ島などにも通いつめている。

この間、話をしていたら、彼女が高校生のときに、土居まさるの「TVジョッキー」に出演したと判明して仰天する。日曜日の午後に放送している、ビートたけしの「スーパーJOCKEY」の前に放送されていた番組で、好きな人に告白するコーナーがあり、出演すると白いギターがもらえるのだった。

「四十三年生きてきて、私のまわりであのTVジョッキーに出たという人ははじめてだ！」

と叫ぶと、

「白いギターも捨てられなくて、物置に入ってます」

という。女子校だった彼女は、近所のお店でアルバイトをしていた彼に一目惚《ぼ》れをし、たまたま友人に日本テレビにこねがある子がいて、紹介してくれたというのだ。

「で、どうなったの」

「スタジオから電話をしていたら、本人が後ろに立っていてびっくりしました。そのあと一年半くらいつき合って別れました」

「どうして」

「もう会ったときから、むこうは彼女と一緒に住んでたんです」

「じゃあ、あなたは遊ばれたっていうことじゃないの」

「はあ、まあ、そういえばそうかもしれませんが……」

人にはいろいろな人生があるものだ。テレビに出演した娘を見て、お母さんは泣いておられたという。その気持ちもわかるような気がする。テクノカットで化粧をして、ツバキハウスで踊りまくっていた彼女は、そこでナンパされた彼と結婚し、仲良く暮らしている。

電話では、

「いつもありがとうございます」

と忍者ハットリくんではあるが、礼儀正しい。TVジョッキー、ツバキハウス、デパートの外商係。奥が深い。

×日

注文していたコンポーネントステレオがくる。ここ十年近くはラジカセを使っていたのだが、まずテープ部分がやられ、そのつぎにはCDがやられ、とうとうラジオまでだめになってしまったので、買うことにしたのである。運ばれてきた包みを見ると、本当にコンパクトになっている。一緒に語学学習用テレコも買う。まず道具を揃《そろ》えないと何もしないたちなので、自分を追い込むことにした。テープは今まで買いためたのが山のようにあるので、それを使う。

その後、友だちのプレゼントを買いに行く。先週、目をつけておいたもので、売れてないようにと思いながら行くと、まだディスプレイされていたのでそれを買う。フランス製の寄せ木細工の小箱で、中にはバックスキンが貼《は》ってある。帰って夕方まで仕事。夜、ステレオの配線をする。配線は何なく終わったものの、ラジオの受信状態が悪く、これがうまくいくのかと心配になる。

×日

土曜日だが仕事。G社のOさんから電話がかかってきてびっくりする。土曜日まで仕事をしているらしい。原稿を書いているうちに飽きてきたので、本棚を買いに近所のアンテイークショップの、山本商店まで歩いていってみる。今までは友だちの車に乗っけていってもらっていたのだが、歩いてみたらうちから二十分足らずでいけることがわかった。

以前、その店で、両開きのガラス戸つきの本棚を買った。その大きい本棚ひとつだけに、本を減らそうとしたのだが、無理であった。どんどん古書店で買った資料が増殖し、床に山積みで雪崩《なだれ》現象を起こしつつある。合板の本棚を買うのは嫌なので、いいのがあったらと見にいったら、手頃なのがあった。

ここのいいところは、お店で働いている人がとっても感じがいいことと、値段がとてもリーズナブルだということだ。桜材の物と何でできているかはわからないが大きめの本棚、小ぶりなすっきりとした姿見があったので買う。本棚は高いほうで一万五千円、姿見は六千八百円であった。うれしい。来週も月曜から金曜までインタビューや人にあう仕事で埋まってしまった。その間をぬって書く仕事をしなければならない。影武者が欲しい。

×日

本棚、姿見が届いたので、本の整理をはじめるが、やれどもやれども終わらない。蒸し暑く、前に切ってから二か月たった髪の毛が鬱陶《うっとう》しくなったので、切ることにする。やはり美容院を替えてみることにした。この間散歩していたときにみつけた美容院に行ってみる。外からのぞくと、お店の人々も感じがいいし、お客さんも若い男性、女性、奥さん、子供もいる。担当になった若い女の子が、私にしては最近にないくらいに短く切ってくれたが、とても気に入った。耳の下ももたつかないし、これなら着物を着るときも大丈夫だろう。次からはここに通うことにする。

彼女と近所のパン屋さんの、カレーパンやみそパンの話をしているうちに、その店のパンを食べたくなり、帰りに買って仕事をしながら食べる。

×日

朝起きたら、松田聖子が電撃結婚するというので大騒ぎ。相手は六歳年下の歯医者だというが詳しいことはわからない。一人でウエディングドレス姿で登場して、微笑《ほほえ》んでいた。あとの記者会見で、ダイヤモンドの指輪を見せたときの得意そうな顔。やりたいことは何でもやって、彼女に挫折《ざせつ》という言葉はあるのだろうか。それにしても神田正輝にしても郷ひろみにしても、松田聖子に比べて影の薄いこと。有森裕子嬢とガブちゃんのことなど、すでに宇宙の彼方《かなた》である。中原名人もぶっとんでしまった。よくもまあ、次から次へといろいろなことが起きるものだ。夕方、S社のKさんと打ち合わせ。出かける前に原稿を上げる。

「松田聖子が結婚したわよ」

といったら、Kさんは驚いていた。

×日

松田聖子が新郎と姿を現した映像を何度も流して大騒ぎ。

「そうか、こういうのを選んだか」

と大笑いしてしまった。わかりやすすぎる。あまりにわかりやすいので、私は嫌いだった松田聖子が、好きになりそうになったくらいだ。友だちは、

「松田聖子のなかでは、たとえばマリリン・モンローとアーサー・ミラーという関係みたいなものは、全くないのね」

といった。

いわゆる三高の男性と結婚したくても、そうはいかない女性のほうが多い。ああいったくせに、結婚したのはあれかという場合も多い。が、当人同士は結婚してしまえば、幸せだったりもするのだ。しかし彼女はそれを無理やりにでも現実にしてしまうからすごい。でも中身は普通の女の人だ。

×日

今週はあと一本、二十枚の締め切りがあるが、これから毎日出かけなければならないので、できるかどうかわからない。

夜、年下のお友だちの誕生日のお祝い。結婚後、ますます美しくなっているのには驚くばかりである。きっと結婚生活も幸せなのだろう。青山のイタリア料理店である。その店の近くにあるフランス料理店を教えていただく。野菜がおいしいのだそうだ。今度行ってみよう。

×日

午後、「ヤマダ一家の辛抱」について、著者インタビューを受ける。

×日

午後、新潮社の編集者四人と、今後の仕事の打ち合わせ。いろいろと企画をいわれるが、時間的に全部はできないので、社内で優先順位を作ってほしいと話す。私の体はひとつしかないのである。七月末までに書き下ろしを二冊仕上げなければならないのに、そのうちの一冊は、相変わらずひと文字も書いていないのである。昔はそういうことに対して、罪悪感もあったが、このごろは、

「まあ、しょうがないか」

と思うことにしている。できないものは仕方がないのである。かといって夜の時間まで仕事をする気は全くない。自分の仕事のペースを乱すと、あとでろくなことにはならないからだ。

×日

新宿に行き、この間買った、たためる帽子用の、替えリボンを買う。グログラン、シルクなど。蔵前のほうにリボンの問屋さんがあるらしいから、今度行ってみたい。

新宿駅でカードを買ったはいいが、それでは改札を通れないことが判明。いったいこのカードは何なのだ。時間に遅れそうだったので、とりあえずこのカードで切符を買おうと思い、券売機に行くと、タッチパネル方式で、飯田橋までの料金がわからない。上の路線図を見ても、運悪く飯田橋のところが見えない位置にあった。後ろには若者が一人並んでいてあせる。指を差しながら、

「えーと、えーと」

と適当な金額を押そうとしていたら、五百七十円のところに指が触ってしまい、切符が

出てきてしまった。いくらなんだって、新宿から飯田橋まで、そんなにかかるわけがない。しかし時間がないので、そのまま改札を通ってしまう。私が買ったあの千円のカードはいったい何なんだ。

「飢え」のインタビューを、K社で二時と三時に受ける。夕方に終わり、そばを食べて帰る。古書店から目録が届いていたので、チェックしてみたが、めぼしい物がなかった。こういうときはとても悲しいもんである。

×日

書店に行き、洋裁の本を買い、手芸用品店で洋裁道具を買う。チノパンツやスカートの裾《すそ》上げがものすごくうまくいっているので、調子にのっているのである。大学生のときに何枚かシャツを縫って、気に入ってしばらく着ていたことはあるが、それ以来、洋裁はしていない。本を見ると昔よりもとても簡単に服が縫えるような道具も売られているようだ。製図も簡単だし。次から次へと変わっていく既製服にはほとんど興味がなくなってしまった。最近、特にどれも、私らしくないような気がしてならない。

×日

小錦の断髪式。私は原稿書き。またハワイのことを思い出した。

×日

C社のKさんに原稿を渡し、一緒に昼食を食べる。その帰りに手芸店で洋裁道具と夏糸を買い、山のような荷物をかかえて帰る。

夜、テレビを見ていたら、北野井子《しょうこ》が出ていた。あまりに歌が下手なので驚く。今の時代でもあの程度でCDが出せるのか。顔がかわいければ、歌い出したとたんに、体中が脱力するような歌唱力でもいい時代があったが、今は若い子でも歌は上手だ。それとも彼女はこれから巧《うま》くなる可能性があるのだろうか。私にはよくわからん。

×日

午前中に新しいソファが届く。大きな荷物の配送は十時過ぎだと聞いていたのに、八時過ぎに来てしまう。もしも十分早かったら、私はシャワーを浴びたばかりで、真っ裸だったぞ。すぐ「一度じゃすまない、忍者ハットリくん」に電話をして、文句をいう。

夜、G社の打ち上げ。みんなで中華料理を食べる。

×日

夜、B社と打ち合わせ。S氏がワールドカップを見に、休暇を取ってフランスに行くという。

×日

実家に電話をしたら、母親の具合が悪いという。めまいがして食べてもすぐ吐いてしまうというのだ。いつもははしゃいでいるのに、地獄の底にいるような声を出している。

「少し気分がよくなったら、ちゃんと検査してもらえば」

といって、電話を切る。

×日

洋裁とレース編みの本を買う。ためしにレース糸を編んでみたら、これまた毛糸と同じように、めちゃくちゃ下手になっているのがわかり、がっくりする。

×日

「もしもし、お姉ちゃん」

と明るい母親の声で電話があった。病院で検査をしてもらったら、血圧、内臓ともどもどこも悪いところがなかったという。風邪ではなかったかという話だ。

「当たり前だ。あんたみたいに好き放題にお金が使え、苦労もなく、毎日楽しく暮らしている人間が病気になるなんて、国民の皆さんに申し訳ないと思わないのか」

といったら、

「思うわ」

といっていた。祖母の三回忌かたがた、二週間の国内旅行を楽しみにしているという。骨董《こっとう》探しの旅なのだそうである。やれやれ。

新潮文庫版あとがき

五年前に出した「日常生活」のあとがきで、私の毎日は同じようなものなので、日記は「これ一回きりで十分」というようなことを書いたが、前言をひるがえして、この本も日記形式になってしまった。今回、読み返してみると、カラオケが麻雀《マージャン》になったくらいで、本当に私のやっていることには変化がない。ひとっところでぐるぐるまわっている感じである。しかしまだ麻雀には飽きていないので、カラオケみたいにやめることなく、麻雀はばあさんになっても、ずっと続けていくつもりであります。

本文にあるとおり、今まで馬鹿《ばか》にしていたハワイに行ったのであるが、そのハワイが想像よりもずっと居心地がよかった。いつもは、というか、いつもあっという間に行って帰ってくる感じになってしまうのだが、ハワイの場合は、

「ああ、もっといたかった」

と残念でならなかった。あのなかで二週間でもいいから、ぼーっとしていたら、どんなにいいだろうかと思った。

出不精な私が旅行に行くようになってから、いろいろな物を見聞きした。思い出せばどれも楽しい出来事ばかりであった。しかし最近はまた、

「面倒くさいな」

と感じるようになってきた。海外はもういいかなと思っている。望んでいたところには行けたし、特別、興味がある場所はない。最後の興味がある場所として、ベトナムには行く予定になっているが、そのあとは決まっていない。何かを書くために旅行に行くのは嫌なので、このベトナム旅行のことを書いたら、しばらくはおとなしく家にいるつもりだ。

今年は仕事ばかりしていて、いちおう日記とはいっても、書いているのはほとんど仕事の話ばかりである。税金が払えないので、連載と書き下ろしをじゃんじゃん引き受けてしまったのが、大きな間違いであった。毛糸や布地がタンスのこやしにならないように、麻雀ももっと回数ができるように、旅行よりも今はそういうことができればと、私は考えている次第であります。

（平成十年八月）

ハルキ文庫版あとがき

この本の元本は平成十年に発売されたものだが、元号が変わって、より「昔」の感がある。あらためて当時の自分が、活発にあちらこちらに出かけているのに感心した。

物まね芸人のニールは今、どうしているのか。それよりも心配なのは、本物が亡くなり、歌やダンスの能力が何もなかったマイケルのそっくりさんだ。思い出せるのは彼のグレーの肌の色だけなのだが。

元本が出た直後、とても頭がきれる謎《なぞ》の「ル・ポール」さんについて、読者の方がアメリカでドラァグクイーンとして超有名な方だと、ご親切に教えてくださった。後日、インターネットで調べてみたら、身長が一九三センチだそうで、だからあんなに大きかったんだと深く納得した。二十年以上前に、ドラァグクイーンを司会に使うなんて、さすがに日本とは感覚が違うと感心したものだった。私はハワイでたくさんのものを見聞きしたが、いちばんのハイライトは、「ル・ポール」さんを知ったことだったかもしれない。

ずいぶん前の本ではあるが、暇つぶしにお読みいただけるとうれしい。

（令和元年五月）

Haruki Bunko
ハルキ文庫

む 2-13

雀《すずめ》の猫《ねこ》まくら

著者
群《むれ》 ようこ

2019年7月18日第一刷発行

発行者
角川春樹

発行所
株式会社角川春樹事務所
〒102-0074 東京都千代田区九段南2-1-30 イタリア文化会館

電話
03(3263)5247(編集)
03(3263)5881(営業)

印刷・製本
中央精版印刷株式会社

フォーマット・デザイン 芦澤泰偉
表紙イラストレーション 門坂 流

ISBN978-4-7584-4277-0 C0195 ©2019 Yôko Mure Printed in Japan
http://www.kadokawaharuki.co.jp/[営業]
fanmail@kadokawaharuki.co.jp[編集]　ご意見・ご感想をお寄せください。

JASRAC 出 1903926-901